RYU NOVELS

東京湾大血戦

幻の東京オリンピック

吉田親司

この作品はフィクションであり、
実在の人物・国家・団体とは一切関係ありません。

東京湾大血戦／目次

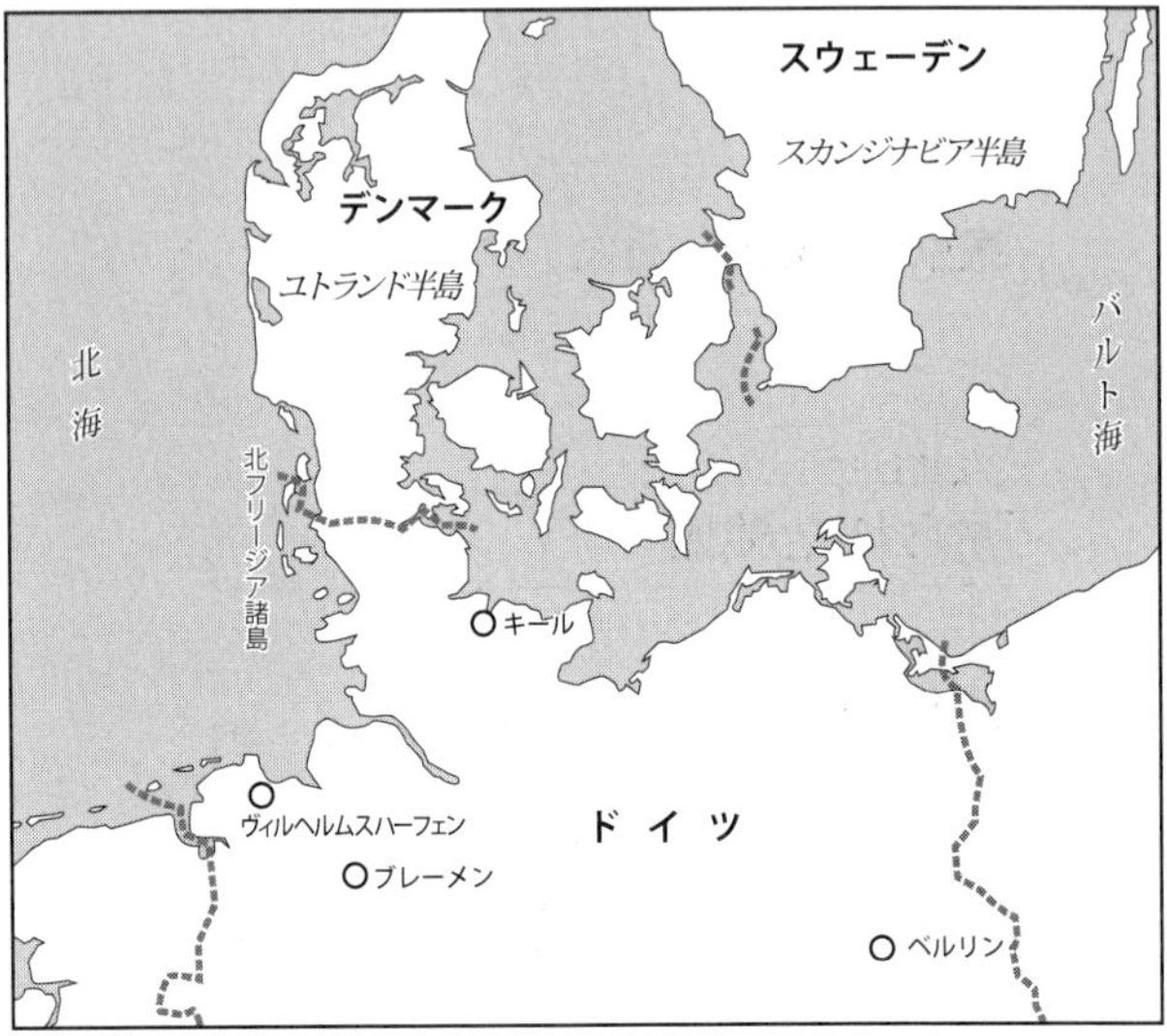
スウェーデン
スカンジナビア半島
デンマーク
ユトランド半島
北海
バルト海
北フリージア諸島
キール
ヴィルヘルムスハーフェン
ドイツ
ブレーメン
ベルリン

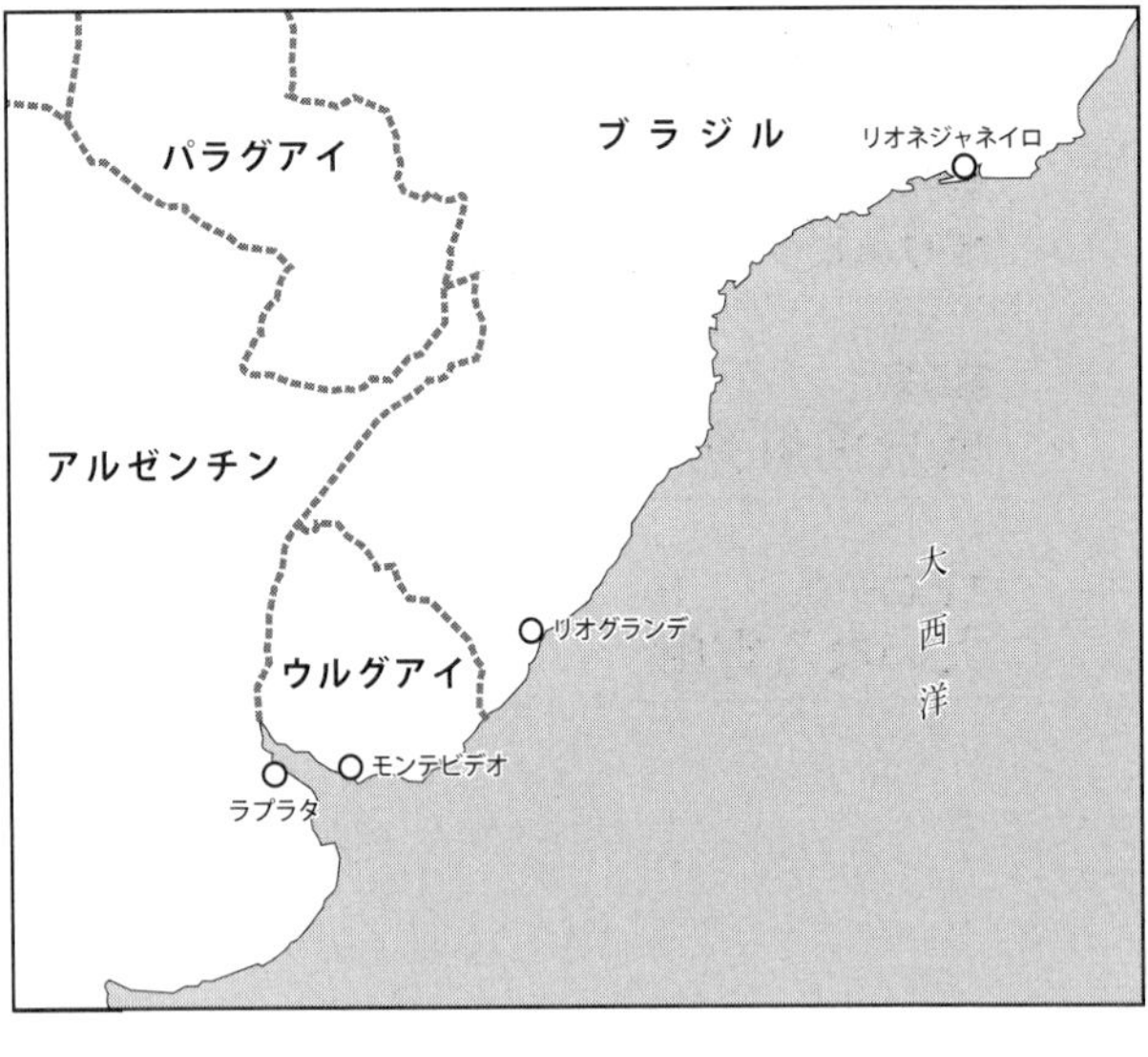
ブラジル
リオネジャネイロ
パラグアイ
アルゼンチン
大西洋
リオグランデ
ウルグアイ
モンテビデオ
ラプラタ

プロローグ　売られた戦艦

1　霧雨の造船所
――一九二八年（昭和三年）六月六日

そびえたつ鉄《くろがね》の城は驟雨《しゅうう》に濡れていた。

その名は〈高雄《たかお》〉――八八艦隊計画の第三期建造案に基づき、完成にいたった巨艦である。

最高速力は三〇ノット強。足並みだけで勘案すれば巡洋艦に分類されて然《しか》るべきだが、他の要素がそれを拒絶していた。

全長二五二・五四メートル、基準排水量四万一二七一トン。主砲は四五口径四一センチ連装砲を五基装備、合計一〇門。

これらの数字が示すとおり〈高雄〉は、れっきとした大戦艦である。公式には巡洋戦艦ということにされているが、傾斜装甲やシェルター甲板の採用など防御にも注意が払われており、攻守のバランスは絶妙だった。

実質的に高速戦艦と評してさしつかえなく、本来なら大日本帝国の守護神として、海の守りを担うはずの軍艦であった。

だが、しかし――。

天城《あまぎ》型の三番艦である〈高雄〉は泣いている。三菱長崎造船所で誕生した彼女は、生まれながらにして暗い影を横顔に刻んでいたのだ。

それもまた、むべなるかな。〈高雄〉が帝国海軍の旭日軍艦旗を掲げることは、もう二度とないのだから……。

*

戦艦は芸術品に非ず。ただし、建造国のすべての技術が投入される以上、機能美はどうしてもにじみ出てくる。それは、この〈高雄〉も例外ではなかった。

（なんということだ。これほど優美な日本製の軍艦が仮想敵国に譲り渡されるとは……）

帝国海軍中尉の貞海開治《さだうみかいじ》は、天守閣を連想させる六脚檣《ろっきゃくしょう》の艦橋構造物を凝視しつつ、無念の思いを強くするのだった。

苦虫を噛《か》み潰すような表情のまま、視線を前《ぜん》檣楼《しょうろう》から後ろへと移す。高いマストには派手な軍旗が揺れていた。

星条旗《スターズアンドストライプス》——言わずと知れた合衆国のシンボルである。

不愉快な現実だが、もはや〈高雄〉は日本海軍の軍艦ではない。アメリカ海軍に買われ、西海岸へと廻航《かいこう》される途についたばかりなのだ。

視線を沖合へと投げる。そこには正真正銘のアメリカ戦艦が二隻、姿を見せていた。四本煙突が目立つ大型艦である。

巡洋戦艦〈レキシントン〉と〈サラトガ〉だ。

これら二隻の同型艦をアメリカ海軍が差し向けたのは、独力で〈高雄〉の廻航を成し遂げるためであった。両艦から計五八〇名の乗組員を抽出し、西海岸まで航海させるプランなのだ。

日本側は納品するまでが仕事と考え、サンディエゴ海軍基地まで作業員を乗艦させようと提案したが、拒絶されてしまった。

相手の狙いはわかっている。合衆国は〈高雄〉から一秒でも早く日本の匂いを消したいのだ。

たった五八〇名で戦艦を動かす。そんな主張は無茶にも聞こえるが、戦闘行動の可能性はゼロと考えてよいのだから、理のある選択と解釈できなくもない。ただし船乗りの常識では、無茶を通り越して無謀に近い行動であった。

貞海中尉は〈高雄〉を睨《にら》みつけながら思うのだった。航海中に太平洋で沈むんじゃないぞ。お前はいつの日か帝国海軍が戦場で介錯《かいしゃく》してやるのだからなと。

巨艦はゆっくりと艤《ぎ》装《そう》岸壁を離れ、沖合へと歩み出している。

見送りの隊列もなければ、軍楽隊の演奏もない。引き渡し式は一時間前にきわめて事務的に終了しており、周囲に人影は少なかった。

雨足が強くなってきた。貞海は海軍軍人らしく傘を用いず、雨衣《あまい》を着用していた。梅雨どきとはいえ、雨粒はまだ冷たい。

だが、それは彼にとって幸いだった。これからの行為を思えば、火照《ほて》った体を冷ましてくれる恵みの雨であった。

やがて水溜まりを踏み締めるような靴音が聞こえてきた。どうやら来たらしい。

天誅《てんちゅう》を下すべき標的が。

「とうとう出航したか。名残も尽きないが、疫病神の一面も持ち合わせていたフネだったな」

同じような雨衣を着込んでいる海軍軍人は、そんな台詞を口にしながら歩み寄った。

「だが、これで仕切り直しができる。重荷の米国公債を何割か返済できるのであれば人身御供《ひとみごくう》にした価値はあろう。君かね、この山本《やまもと》を呼び出したのは？」

　心がこもっていない発言に反発を覚えつつも、貞海は最敬礼で相手に応じた。

「貞海開治と申します。御足労を願い恐縮です」

　対峙《たいじ》した人物を改めて凝視する貞海であった。

　彼の名は山本五十六《いそろく》。四四歳の海軍中佐である。昨年一一月までアメリカ大使館付武官を務め、今年の春に帰国したばかりの男だ。

　霞ヶ浦航空隊で副長を任されていた経歴からもわかるように、山本は熱心な飛行機信者であり、戦艦は一〇年と経たずに海戦の主役から転げ落ちると公言してはばからなかった。

　だからこそ〈高雄〉を売り飛ばす交渉の中心人物になり得たのだ。

　それだけでも万死に値する所業と信じる貞海は、決意も新たに言葉を連ねた。

「どうしても早急にお耳に入れねばならぬ案件がございまして。実は、山本中佐の命を狙う不逞《ふてい》の輩《やから》が佐世保に集合しているようなのです」

「ああ、王師会《おうしかい》だろう。藤井斉《ふじいひとし》中尉が結成した革命組織の連中は、僕を親の仇《かたき》のように考えているからね。まったく嫌われたものだよ。〈高雄〉の譲渡が上首尾に終わったからこそ、彼らの俸給も確保されたというのに」

　やっぱり知られていたか。しかし、ここまでは想定内だ。貞海はさらに言った。

「彼らは望まぬ嫁入りを強いられた〈高雄〉を擬人化し、大いに哀れんでおります。その反動がまること山本中佐への怨嗟《えんさ》の声となっております。借金のためとはいえ、新型戦艦をアメリカに売るなど国賊の行いであると」

「望まぬ嫁入りか。うまいことを言うものだが、花嫁の父たる三菱造船の社長は実にサバサバしていたよ。帝国海軍という貧乏な家よりも、合衆国海軍という富豪に嫁ぐほうが〈高雄〉にとっては幸せだろうとね」

「拝金主義の守銭奴は、そう言うでしょう。建造費さえ回収できれば不都合はないのですから」

「回収どころの騒ぎではないぞ。落札価格は邦貨換算で約五九〇〇万円だ」

それが法外な価格であることは貞海にも認識できていた。主力戦艦の建造予算は、長門《ながと》型で約二二〇〇万円、紀伊《きい》型で約三六〇〇万円といった案配である。破格と評してさしつかえあるまい。

誇らしげに山本は先を続けた。

「世の中は銭だよ。国防とて経済と切り離しては考えられぬし、根性や気力だけで軍艦は動かん。平和まで金で買える時代になったのだよ。それを理解できない者は軍を去ってもらいたい」

「ですが！　実際に〈高雄〉はアメリカに買われたのです。開戦ともなれば、あのフネが牙を剥《む》いて襲いかかってくることは必定！」

「中尉、〈高雄〉を建造したのが日本だという事実を忘れてはいないかね。我らは、あの戦艦が頑強無比であることを承知しているが、同時に弱点も知り尽くしているよ」

「自沈装置でも仕込んであるのですか」

「対抗手段もなしに最新兵器を手放すほどお人好しではないとだけ言っておく。その旨を仲間にも伝えてくれ。王師会の連中にな」

しまった。見透かされていたか。

貞海は雨衣の下に隠し持った南部式自動拳銃の感触を確かめた。海軍で陸式拳銃と呼称されているそれは、八ミリ弾を八発装填できる日本初のオートマチックだ。欧米のものと比較して信頼性は落ちるが、殺傷能力に不足はない。

殺気を感じ取ったのか、山本中佐は鋭い睨みをきかせてきた。

「この山本も無為無策で正体不明の輩と対峙するようなお人好しではない。雨衣の下はアメリカで買った防弾衣だ。アル・カポネとかいう暗黒街の顔役が愛用しているやつと同じものだよ。

何重にも絹が詰めてあり、拳銃弾は貫通しない。確実に殺すのであれば頭を撃ち抜くしかないが、雨合羽の下からじゃ角度的に無理だろう。隠した拳銃を見せる勇気はあるかね」

凝固するしかない貞海であった。銃口を露出させれば、もう引っ込みがつかなくなる。

踏みとどまるべきか、猪突《ちょとつ》するべきか？　迷う貞海に山本の叱責が飛ぶ。

「歴史を学びたまえ。暗殺で事態が好転した前例などありはしないぞ。そもそも八八艦隊が諸外国に輸出される端緒となったのは、加藤友三郎《かとうともさぶろう》元帥が暗殺されたワシントン事件ではないか」

正論の連打に貞海は闘志を砕かれた。彼にも理解できたのだ。軍人が殺人を許容されるのは戦場のみ。そして、ここは戦場に非ずと。

すべては終わったのだ。

両手を雨衣から出し、何も持っていないことを示すと、貞海はゆっくりと拳銃を取り出し、銃口を自分のこめかみにあてた。

「自分は……己《おのれ》の行動を恥じ……一死をもって罪を償う所存。御免！」

引鉄《ひきがね》は実に軽かった。撃鉄の落ちる音に続き発砲音も響いたが、貞海中尉が絶命することはなかった。

代償として右手に激痛が走った。続いて片腕の感覚が消えた。響いた金属音に目線を落とすと、埠頭の一角に銃身が裂けた拳銃が転がっている。

嫌な予感に右手を見やると、人差し指と中指が吹き飛んでいるのがわかった。切断面からは出血が続き、うずきが始まった。

南部式自動拳銃は暴発事故が多いことで知られている。幸か不幸か、貞海は最悪のタイミングで不良品をつかまされてしまったのだ。

山本五十六は、素早く白いハンカチを傷口にかぶせると、冷静な口調で語りかけた。

「中尉、命を粗末にするな。前途ある若者が消えゆくのは本当に惜しいのだ。いまこの瞬間に古き貞海開治は死んだ。以後は新しい貞海開治となり、国難に力を貸せ。お前がいるべき組織は王師会ではない。昭和尚歯会《しょうしかい》だ」

激痛を受け入れながら、貞海は問い返す。

「そうした機関は寡聞《かぶん》にして存じませんが……」

「年初に発足したばかりの陸海軍合同のシンクタンクだからね。興味があるだろう?」

「ないと言えば嘘になります」

「ならば横須賀に来い。王師会とどう違うのか、その目で確かめるがいい。身の振り方を決めるのは、それからでも遅くあるまい」

山本五十六が言い終わると同時に、鈍い轟《とどろ》きが立神《たてがみ》桟橋一帯に鳴り渡った。圧縮された空気の束とボリュームに圧倒される貞海であった。

まさか仲間が業《ごう》を煮やし、新たなる武力行使にいたったのだろうか?

そう危惧《きぐ》した彼だが、実際は違った。響いたのは銃声音ではない。より強大な砲弾音だ。

「礼砲だな。帆船時代の名残だ。当方に敵意なしと宣言しているのだよ」

山本の言ったとおりだった。空砲を放っていたのは身請けされたかつての日本戦艦であった。

「中尉、聞こえるかね。〈高雄〉がさらばと言っているのだ」

この先、師と仰ぐことになる人物の台詞に、貞海開治は右手をかばいつつ、こう応じるのだった。

「私には悲鳴に聞こえました。必ずや悪しき運命からあのフネを救い出さねばなりません。それを我が終生の目標としたく思います」


遠方に去りゆく〈レキシントン〉〈サラトガ〉、そして〈高雄〉の影は低い雲海に遮《さえぎ》られ、やがて見えなくなってしまった。

だからこそ貞海中尉は認識できなかった。その三隻に急接近する軍用機の存在を……。

2　水先案内人

――同日、同時刻

四五〇馬力のネピア・ライオン発動機《エンジン》は快調に回転を続けていた。

英国ブラックバーン社製のスイフト艦上攻撃機は軽やかに曇天を駆け、星条旗を掲げる三隻の戦艦を追っていく。

その操縦桿を握る陸軍中尉阿光陸彌《あこうおかや》は、初めて操る機体の力強さに舌を巻いていた。

「こいつは凄いや。重量物運搬機とはいえ、ちと過剰な出力じゃないのか。我が陸軍航空隊の乙式一型練習機とは雲泥の差だなぁ」

当然だった。阿光が技量を磨いた乙式一型練習機は、フランスから輸入したアンリオＨＤ‐14を国産化したものであり、主に初歩訓練に用いられるマシンなのだ。搭載しているル・ローン発動機のパワーも八〇馬力と貧弱である。

いっぽうのスイフトは、実戦向きの複葉単座雷撃機として海軍が七年前に調達したものであり、最大速度一六五キロを発揮できる。

世界的にも悪くない性能だったが、日本海軍は独自開発にこだわり、スイフトの本格採用を見送った。その多くは一般公開された後でお払い箱にされ、霞ヶ浦の倉庫で埃《ほこり》をかぶっていた。

そして予算破綻の足音が聞こえ始めるや、売れるものはなんでも売れとの至上命令が霞ヶ関から下され、イギリス製エンジンの実物評価を欲していた陸軍に買われたのである。

航空母艦に搭載されることが前提の雷撃機だ。陸軍にとって使い道は乏しいが、阿光中尉に不満はなかった。純粋に航空機を愛する彼は、新しい玩具を手に入れた喜びに打ち震えていた。

「それで……金で売られた花嫁は何処《いずこ》におわしますや。まさかとは思うが、あの菓子パンみたいなのがそうかね」

三隻の巨艦も高度三五〇〇メートルから見れば細長い線にすぎない。阿光中尉は陸軍航空隊に所属しており、洋上の物体を見分ける鑑識眼など持ちあわせていなかった。

加えて横たわる雨雲が視界を遮っており、正体を見極めるどころの騒ぎではない。

「水先案内は海軍の仕事だろうに。海の人間に貸しを作るためとはいえ、板花《いたはな》さんも面倒なことを言い出したものだな」

阿光が呟《つぶや》いた板花とは、輜重兵《しちょうへい》少佐の板花義一《ぎいち》のことである。

野心に燃える阿光は、かつて一夕会《いっせきかい》に強い興味を抱いていた。

それは帝国陸軍の政策研究機関であり、憂国の青年将校はその多くが在籍を望んでいたが、永田《ながた》鉄山《てつざん》や岡村寧次《おかむらやすじ》、東條英機《とうじょうひでき》に山下奉文《やましたともゆき》、石原莞爾《いしはらかんじ》といったそうそうたる面子が並んでおり、簡単に入会はできない。

半ば諦めていた阿光だが、同郷の板花少佐から新たな会合組織の創設を聞き、そちらに推挙してもらった過去があるのだ。

「末席ながら昭和尚歯会の一員となったからには、文句を言える立場ではないがね。ここは高度を下げて監視対象を見分させてもらおうか」

阿光は、航空部隊の充実と発展で国難の打開を試みる昭和尚歯会に同感し、参加を強く望んだ。


よって板花少佐には義理がある。アメリカに買われた〈高雄〉の悲劇的な旅立ちに際し、事故のないように案内をしてくれと頼まれては、拒絶などできなかった。

スイフト艦上攻撃機を緩降下させる。羽布《はふ》張りの翼が嫌な音を奏でた。阿光は顔を歪《ゆが》める。

この機体で唯一の不安は主翼が折りたたみ式なことであった。航空母艦に積み込む際、数を稼ぐための工夫らしいが、飛行中に真っ二つになったりしないだろうか？

雲を抜けると、三つの細長い物体がクローズアップされてきた。阿光に軍艦を見分ける眼力などないが、場所と頃合いから考えて、くだんの艦隊と判断して間違いあるまい。

「あれだな。では、アメリカさんの手を引いてやるとしよう。長崎沖合に出るまで見送ってやれば充分だろう」

小糠雨《こぬかあめ》が続き視界は悪いが、翼端の航空灯は確認できる。見張りがよほどうかつな者でない限り、スイフト艦攻の接近はキャッチしていよう。

緩降下を続けながら、拳銃式の信号灯を明滅させた。光の煌《きら》めきはモールス信号だ。

阿光は英語を解さないため文面は日本語だが、相手は日本で建造された軍艦である。日本人の連絡将校くらい乗っていて当然だった。

そうした甘い見通しを粉砕する事件が発生したのは数秒後であった。澱《よど》んだ空気を切断する海嘯《かいしょう》が周囲にこだましたのだ。

機体を揺るがせる衝撃に、阿光中尉は虚を突かれたが、すぐさま正体に思いいたった。

「あれは礼砲だな。国際的な儀礼だろうが、少しはこっちに配慮してくれてもいいだろうに。無粋な輩の面《つら》は是非とも拝んでやらねば」

操縦桿をゆっくりと倒し、機体を海面三〇メートルまで降下させた。同時に速度を落とすため、瓦斯槓桿《スロットル》を前に押した。

スイフトは艦載機であるため、低空での安定性は抜群であった。まだ失速まで余裕がある。ここは低速で相手の艦橋をじっくり検分してやりたいところだ。

だが、しかし――。

操縦手の意に反し、機体は急加速を開始した。真逆の反応に阿光は戸惑ったが、すぐに己の不覚を呪うのだった。

何度も注意されたではないか。陸軍航空隊はフランス機を導入しているが、海軍航空隊はイギリスの軍用機を手本にしていると。そして、英仏機はスロットル・レバーの動作が真逆だと。スイフト艦攻でスピードを落とすにはスロットルを手前に引く必要があるのだと。

「早急に陸海軍機で仕様の統一を図るべきだな。それを昭和尚歯会の第一の功績とせねば……」

阿光の独白は唐突に打ち切られた。凄まじい射撃音によって、である。

標的とされている恐怖が全身を支配した。操縦桿をつかむ右手が動かない。

回避がままならないスイフトに至近弾が押し寄せる。右翼の端がもぎ取られ、左翼が根元からちぎれた。機体はもんどり打って墜落し、海面へと叩きつけられた。

意識を失う直前、阿光が感じたのは口中に流れた苦味であった。それが海水なのか、己の血液なのかは自分でもわからなかった……。

3　王《キング》の決断

——同日、同時刻

阿光陸彌中尉のスイフト艦攻を撃墜したのは、巡洋戦艦〈レキシントン〉だった。

艦長を務めるアーネスト・J・キング大佐は発砲を諫《いさ》める部下の進言も聞かず、接近する日本機へと砲口を向けさせたのである。

「あれは雷撃機だ。水先案内をすると見せかけて至近距離から魚雷をぶっ放す気だぞ！」

キングは年齢に似合わぬ落ち着きのなさで舌を回した。

ブリッジに不穏な雰囲気と緊張が流れる。副長のチャールズ・クック中佐はそれを打ち消すべく、冷静な態度で反論する。

「決めつけは好ましくありません。仮にあの機が悪意を持っていたとしても、最初の一発を撃てばこちらが悪党にされてしまいますぞ。

ここは、まだ日本の領海なのです。下手をすれば開戦理由を与えてしまいかねません」

キング艦長は怒りを隠そうともせず、こう言ってのけた。

「到来するかもしれない脅威よりも、いまそこにある危機に対応すべきだ。標的は〈コ、ロ、ン、ビ、ア、〉に決まっているが、あの艦には五八〇名しか乗っていない。ダメージ・コントロールなど無理な相談だ。魚雷一発で沈没するぞ」

引渡し式完了と同時に〈高雄〉から〈コロンビア〉へと改名した護衛対象だが、実弾は未搭載であり、反撃はできない。

脅威対象の排除は〈レキシントン〉と〈サラトガ〉姉妹の対空砲火に頼るのみだ。

艦隊は単縦陣を組み、西へと進んでいた。隊列は〈レキシントン〉〈コロンビア〉〈サラトガ〉の順番である。

そして、敵機は中央へと忍び寄っている……。

危険な兆候はクック副長も承知していたが、彼はあくまで常識論を展開するのだった。

「日本が武力行使に踏み切る理由はありません。彼らは借金の棒引きを希望し、〈コロンビア〉を譲り渡す契約書にサインしたのですから」

その事実を知るキング艦長は、なおも続けた。

「副長は日本人を理解していない。卑怯が服を着て歩いているような連中だ。

小細工ばかりを弄《ろう》し、正面攻撃ではなく、常に裏技を好む。俺は以前の訪日でそれを思い知ったんだ」

日露戦争勃発前のことである。少尉候補生だったキングは防護巡洋艦〈シンシナティ〉で横須賀に上陸し、とある不快な経験をしていた。スリに財布を奪われ、相談した鉄道員からも冷淡きわまる仕打ちを受けたのだ。

若き日の屈辱は四九歳となった現在でも薄れはしなかった。キングはそれ以後、日本と日本人に対して根深い悪感情を抱いていたのである。公債の取り立ての一環として長崎まで戦艦受領に行けと命じられた時は溜飲《りゅういん》が下がったものだ。

「政府間では、すでに外国債の一部放棄が締結されてしまったぞ。ここで〈コロンビア〉が沈んでも日本人の懐は痛まない。

頭のおかしいパイロットが独断でテロに走ったと言い訳されてみろ。弱腰なクーリッジ大統領は遺憾《いかん》の意を表すのがせいぜいだろうよ」

その直後だった。見張りからの報告がブリッジに寄せられたのである。

「左舷より接近中の日本機が増速しましたッ！」

激高したキングは怒鳴った。

「やっぱりか。低空で侵入して一気に距離を詰める気だ。奴は攻撃態勢に入ったぞ！」

キングは経験から相手の動きを看破した。

彼は二年前に水上機母艦〈ライト〉艦長の任につき、同時に操縦訓練も受けていた。海軍機の戦術には水準以上の知識を有している。相手の動きから雷撃の危険性を読み取ったのは、当然すぎる反応であった。

もちろん、真相は違う。スイフト艦攻がスピードをあげたのは、阿光中尉がスロットルの操作を勘違いした結果なのだが、キングはそんな事実など知る由もない。

ここに日米の未来を決める決断が下されたのだった。

「対空砲座に命令。接近する敵機を撃ち落とせ。全責任は俺がとる。急げ！」

艦長命令は絶対だ。巡洋戦艦〈レキシントン〉は猛射を開始した。

片舷三基の五〇口径七・六センチ単装高角砲と二八ミリ単装機銃が火箭《かせん》を放った。対空砲撃には不向きな一二・七センチ単装副砲もそれに続く。

ワンテンポ遅れて〈サラトガ〉も射撃を開始した。キングの先輩格であるフレデリック・ホーン艦長が、負けじと攻撃を始めたのだ。

薄曇りの空を漆黒の爆炎が染めていく。無数の暴力に耐えきれず、スイフト艦攻は胴体を折られ、翼をもがれ、海面へと叩きつけられた。

長崎軍港の水面に小さな波紋と油膜が浮かび、やがてそれは泡沫のように消えていった。

キング艦長は満足げな表情で命じた。

「副長、現時刻を秒単位で記録しておけ。本艦の初戦果だからな」

結論から記すならば、この案件は大事《おおごと》にはならなかった。

戦艦〈高雄〉こと〈コロンビア〉は無事にアメリカ本土まで到着したし、撃墜された阿光中尉も頭部を負傷したものの、命に別状はなかった。

日米両政府は、偶然と不運が幾重にも重なった事故だと解釈し、互いの非を認めることで事態の収拾を図った。朝野《ちょうや》もそれを後押しし、事件の真相は封印された。

だが、現場の将兵には拭いきれない悪しき記憶として長く刻まれることとなる。

一二年後に勃発する日米戦争の最初の一歩は、
ここに踏み出されたのであった……。

第1章
武器商人国家への隘路

1　日本破綻
――大正後半〜昭和初期

《軍艦は明治日本を救い、そして大正日本を破産させた。この事実を直視せずして昭和日本を再興させることなど夢物語であろう。》

私が重い筆を取ったのは、帝国海軍が置かれた現状を臣民の間に知らしめ、新たな道を模索する一助になればと考えたためである。

昭和尚歯会外交知能顧問団《ブレーントラスト》の一員であり、また長年海軍のフレンドを自称してきたこの身には、その資格と義務があると思う。

いま沈黙を是とすれば、悔いを将来に残しかねない。拙文におつきあい願えれば幸いである。

読者諸兄もご承知のとおり、日本は未曾有《みぞう》の経済危機に置かれている。

新聞各紙は大正一〇年から昭和五年における暗黒の時代を〝失われた一〇年〟と呼称し、脱却を声高に訴えているが、その遠因を探るならば、やはり忌わしき《ワシントン事件》に立ち戻らなければなるまい。

一九二一年（大正一〇年）一一月二二日、午後一二時三〇分。米国首都ワシントンＤＣの一角に位置する老舗ホテル『ニュー・アメリカ』が大爆発し、逗留中であった加藤友三郎海軍大将が焼死した惨事である。

　単なる事故ではなかった。悪意と殺意に満ちたテロルであった。

　下手人はロバート・E・リー・オズワルドという二五歳の男だった。アメリカ陸軍軍曹として世界大戦に出征し、爆発物の扱いに長《た》けていたこの殺人犯は、六階建てホテル『ニュー・アメリカ』を木っ端微塵に吹き飛ばし、一一八名もの無辜《むこ》の民を殺害したのである。

　当時、加藤はワシントン会議に日本側全権代表として参加中であり、主導権を掌握するまでの勢いであった。あのまま順調に推移すれば国際的な軍備縮小が実現したのは間違いない。

　だが、彼はオズワルドの毒牙にかかった。忌わしきテロリストは捜査局《BOI》に逮捕されたが、取り調べ中に自害してしまい、その背後関係は永遠の謎となってしまった。

　主役の強制退場にともない、ワシントン軍縮会議は無期限閉会となり、やがて自然消滅したのである。

　日本にとって、加藤友三郎の死は痛手すぎた。八八艦隊の生みの親と称されてはいたが、無闇に戦艦を偏重していたわけではない。ワシントンへ乗り込むにあたり、加藤は八八艦隊計画を流産させる決意を固めていたのである。

　日本の国力を鑑《かんが》みるに、無茶な建艦競争は亡国への一里塚であった。米英に箍《たが》をはめるためにも、ワシントン会議は是が非でも成功させねばならなかったが、数十キロのニトログリセリンがすべてを御破算にしてしまった。

一一月四日の原敬《はらたかし》首相の刺殺に続く重要人物の暗殺事件に、朝野は敏感に反応した。加藤大将の死を悼みつつも、その活用を模索せんとする機会主義者が勃興したのだ。

「八八艦隊計画の完遂こそ加藤提督への真の弔いなり！　これに反する者はオズワルドに味方する非国民なり！」

安易な扇動記事が新聞各紙を連日のように飾り、やがて有力な世論として形成されていった。

当時の総理大臣高橋是清《たかはしこれきよ》は、大蔵大臣としての経験から八八艦隊の見直しを提言したが、結局は殺害された原の代理であり、難局を乗り切ることはできなかった。

翌年（大正一一年）六月に高橋内閣は総辞職し、次に〝もうひとりの加藤〟こと、加藤高明《たかあき》が総理に就任した。屈指の英国通であり、財界とのパイプも太い高明が、八八艦隊計画推進派として政界に長く君臨したのはご承知のとおりだ。

高明はまた叛乱《はんらん》分子の排除にも力を入れた。己が暗殺対象とされる危惧を承知していた彼は、治安維持法のみならず、共同謀議規制法を成立させ、徹底したテロリスト対策に乗り出した。

また、特別高等警察に要人警護に特化した部隊を創設し、挺身護衛官として内閣の直属組織へと改編させた。合衆国でいう〝シークレット・サービス〟と同様の機関である。

これらの対策が功奏し、大正末期から昭和初期にかけ、要人の暗殺事件は激減した。これは加藤高明の功績と評価していいだろう。

いっぽう黒星もあった。対ソ関係修復の失敗である。

治安維持法とは、実質的には共産主義者弾圧法にすぎぬ。これでモスクワとの関係がうまくいく道理などない。

　高明は日ソ基本条約の締結を欲したが、ついに色よい返事は来なかった。満州およびモンゴルにおいて日本の権益保護は喫緊の課題であったが、それは先送りするしかなかった。

「対ソ交渉が進展せぬからには、北に対する守りは必須。早晩新生するであろうバルチック艦隊の脅威に対抗するためにも八八艦隊の推進を！」

　そんな極論に財界は飛びつき、国民も〈長門〉〈陸奥《むつ》〉に続いて完成した〈加賀《かが》〉〈土佐《とさ》〉の偉容に熱狂した。日本は一時的な造船景気に沸き、軍拡への道を突き進んでいった。

　私は思わずにはいられない。いっそ大正末期に未曾有の天変地異（たとえるなら安政の大地震のような）が生じていれば、状況は一変していたかもしれないと。

　仮に帝都東京が灰燼に帰すような自然災害でも起こっていれば、復興事業で手いっぱいとなり、八八艦隊どころではなくなっていただろう。

　現実は違った。太正時代は平穏無事に過ぎ去り、昭和も穏便のうちに始まった。

　だが、それは天が祝福していたわけではない。神仏は慈悲深くも、死刑執行を先延ばしにしてくれただけであった……。


　歪みが生じたのは一九二六年（大正一五年）春のことである。

　海軍省は突如として、こう発表した。四隻調達が予定されていた紀伊型戦艦だが、その計画を大幅に見直すと。年内に進水式を控えている〈紀伊〉〈尾張《おわり》〉の二隻は工事を続けるが、残りは設計をいちからやり直し、艦影を刷新すると。

これにより就役は四年から五年の遅れが決定的となった。当然、次に完成するはずだった十三号型巡洋戦艦も足踏み状態となる。

八八艦隊は昭和三年には全艦が就役していなければならなかったが、毎年のようにスケジュールは崩れていった。この状況での主力艦の完成順延は国防に穴をあけかねない。

表向きの理由としては、米英が建造中の新型戦艦に対応させるべく、さらなる強化を図るためとされていたが、それは嘘だった。

日本の造船技術は熟練の域に入っており、列強海軍の軍艦にもひけはとらない。

同時期に建造されていたアメリカのレキシントン型や、イギリスのN3型といった主力艦と比較しても、八八艦隊の各艦は性能で凌駕していた。

後に富士《ふじ》型と命名される十三号型巡洋戦艦に搭載予定の四六センチ砲だけは開発が遅れていたが、他に技術的な問題は存在しなかった。

この段階で八八艦隊計画がつまずいた原因は、ただひとつ。国庫が払底したのである。

大正末における我が国の国家予算は約一五億円であり、その三分の一強を海軍費が占めていた。その異常さは銭勘定に疎《うと》い者でもわかるだろう。

昭和に突入しても、この歪《いびつ》な予算配分は崩れなかった。危惧を唱える者もいたが、やはり少数派であった。

世界大戦後も好景気は続いており、税収増加は確実視されていたのだ。このまま乗り切れるとの楽観的観測が主流を占めたのも、無理からぬ話ではあった。

だが、泡沫《バブル》のような経済はいつしかはじけて消え去るもの。分不相応な軍備に邁進した日本海軍は、自らの体重に押し潰されて衰退の道をたどった恐竜のように、やがて祖国の首を絞める結果を招いたのだった……。

軍艦は建造時も金がかかるが、保有にもまた金が必要である。

八八艦隊の命脈を断ったのは維持費であった。全艦が完成した場合、それらを洋上に浮かべているだけで年間六億円以上もかかる。平時でその額なのだ。戦時になれば、軍費がいくら必要になるかなど計算することすら恐怖である。

このままでは破産一直線であった。世界経済が斜陽となりつつある現況を鑑みても、海軍予算の高騰は日本の命取りになる。

国会も面白くない現実を認めた。与野党は八八艦隊計画順延に関し、不自然なまでの共同歩調を示したが、それだけで乗り切れるほど状勢は甘くなかった。

世界恐慌の足音が響き始めるや、艦隊保全が立ちゆかなくなることが誰の目にも明らかになってきた。このままでは、各鎮守府は赤錆《あかさび》にまみれた戦艦の残骸で埋まることになろう。

廃艦処分以外に妙策なし。どの戦艦からスクラップにすべきか艦政本部が検討を開始した頃合いであった。意外な方面から新たな可能性が提示されたのである。

南米の大国ブラジルだった。

その大統領ワシントン・ルイスは日本海軍に対し、八八艦隊の戦艦を一隻売却してもらいたいと打診してきたのである。

アルゼンチンおよびチリを仮想敵国とするブラ

ジルは、大西洋における制海権確保のため、海軍拡張を本気で画策していた。戦わずして勝つにはやはり巨艦が必要だ。

イギリスから弩《ど》級戦艦〈ミナス・ジェライス〉〈サン・パウロ〉の二隻を輸入していたが、すでに艦齢は一七年を経過しており、現代戦に投入するのは難があった。

ブラジル海軍も資金潤沢というわけではないが、四一センチ砲搭載艦を希望したのは、一〇年先を見越しての投資であった。

日本にとってはまさしく渡りに船である。遠交近攻に基づくのであれば、邦人の移民も多いブラジルとの関係強化は悪くない選択肢だ。

熟慮の結果、日本海軍は〈陸奥〉の売却を決定した。完成している八八艦隊のなかでは〈長門〉についで古いが、南アメリカのパワーバランスを一変させるには充分すぎる戦力であろう。

売却価格は四二〇〇万円だった。支払いは二〇年の分割であったが、〈陸奥〉の調達費は三〇〇〇万円強であるから、いちおう黒字といえる。

戦艦〈アマゾナス〉と改名された〈陸奥〉は功罪を含め、ブラジル海軍の象徴的な存在として大西洋に君臨することになるのだが、それはまた別の話である……。

ともあれ、これに味をしめた日本海軍は、次に欧州各国に水面下で打診を始めた。

軍艦の身売りには反対も根強かったが、背に腹はかえられない。売却先さえ吟味すれば、将来的な脅威にはなるまいとの意見が主流になった。脅威対象であるアメリカとソ連は論外だが、ヨーロッパなら戦火を交える公算は少ない。

昭和三年元旦の段階で完成していた八八艦隊は

八隻だ。長門型と加賀型戦艦が二隻ずつ、そして巡洋戦艦〈天城〉〈赤城《あかぎ》〉〈高雄〉〈愛宕《あたご》〉の四隻であった。

続く紀伊型戦艦の二隻は、まだ進水式を終えたばかりだ。すぐに売れそうなのは天城型の四隻であろう。

幸いにも交渉は順調であった。地中海の覇権を狙うイタリアが強い興味を示したのだ。

同国海軍にはコンテ・ディ・カブール型やカイオ・デュイリオ型などの戦艦群が健在だったが、ともに三〇・五センチ砲搭載の旧式であり、新型艦を模索していた。そんな折り、タイミングよく日本から提案があった。

譲渡の条件をめぐり、東京とローマ間で談判が続くなか、今度はフランスが横槍を入れてきた。

「地中海の調和を乱す軍艦の売却など絶対に看過できぬ。唯一の解決策はファシスト政権が勃興しつつあるイタリアではなく、平和と自由を愛するフランスに提供することだ。

もしもムッソリーニと価格で折り合いがつかないのであれば、我らはドイツから得た賠償金を用意できる……」

伊仏から交渉団を招き、横須賀と佐世保で現物を見学させた後に協議した結果、両国に天城型を一隻ずつ売却することで合意にいたった。四一センチ連装砲塔五基一〇門を有し、三〇ノットを発揮可能な巡洋戦艦である。

イタリアには〈天城〉、フランスには〈愛宕〉が同価格で輸出された。加賀型戦艦と比較すれば装甲の薄さが気になるが、総合的な防御力は長門型と同等かそれ以上だ。地中海最強戦艦と評価されたのも、まんざら世辞ではなかった。

三隻の売却が奏効し、どうやら危機的状況から脱したと思われた日本であったが、昏迷の度合を深める一報が太平洋の向こうから届いた。

アメリカ合衆国が公債支払いを催促してきたのである。

それまで経済危機に一定の理解を示し、返済期限延長にも前向きだった合衆国だが、死の商人に成り下がった日本へと最後通牒を下した。戦艦売却で粗利を稼ぐ気であるならば、さっさと借金を返したまえと。

ブラジル海軍への〈陸奥〉売却が逆鱗《げきりん》に触れたのだ。

米伯関係は良好であったが、南米の大国は軍事政権が続き、政情は不安である。もしも敵対勢力に転べば、カリブ海からパナマ運河にかけての海域が脅威に曝《さら》される。四一センチ砲搭載艦はそれだけ畏怖すべき対象であった。

日米間で交渉が始まったが、ない袖は振れぬ。ブラジル、イタリア、フランスから回収予定の金は内債の支払いに充《あ》てることが決まっていた。

ここで日本は苦渋の決断を下した。アメリカに巡洋戦艦〈高雄〉を提供し、公債支払いの一部免除と猶予を懇願すべしと……。

ここに〈高雄〉は身売りされ、アメリカ合衆国の戦艦〈コロンビア〉として生き長らえることに相なった。

長崎軍港から出発する際、誘導機の誤射事件というアクシデントが発生したものの、日米双方が火消しに躍起となったため、悪影響は最小限で食い止められた。

これで四隻の身売りが完了し、日本海軍は厳《おごそ》かに宣言した。戦艦売却はこれにて打ち止めだと。

だが、しかし――。

舌の根も乾かぬうちに約束は反故《ほご》にされた。

一九二九年（昭和四年）に本格化した世界恐慌がすべてを御破算にしてしまったのだ。

アメリカ発の大不況という大波に、弱体化していた日本経済は簡単に呑み込まれた。糊口《ここう》をしのぐためにも、戦艦輸出は継続するしかなかった。

天城型に続き、紀伊型の販売交渉が開始された。続く改紀伊型や、四六センチ砲搭載の富士型にいたっては、最初から売却することを勘定に入れて建造されていく始末であった。

これが国庫の健全化に結びついたのであれば、まだ納得もできようが、現実はより悪しき方向へとひた走るのであった。

新造される日本戦艦には、天下の失策に終わった満州事変の尻ぬぐいのため、諸外国へ供与される運命が待ち受けていたのである……》

伊藤正徳《いとうまさのり》著『八八艦隊興亡史』より

2　カンジ・トーキング

――昭和六年〜八年

……以下の文面は一九三三年（昭和八年）一二月一日、ノイエ・チュルヒャー・ツァイトゥング紙に掲載された陸軍大佐（当時）石原莞爾の講演記録である。

同年一一月にスイスのジュネーブで開催された国際連盟総会に先立ち、チューリヒ大学で開かれた平和構築弁論会における石原発言の要約であるが、独語からの和訳であるため、細部に遺漏が生じている可能性が高い。読者諸兄のご了承を願うしだいである。

《八八艦隊計画の強行が日本海軍の大失策であるとするなら、満州事変こそ日本陸軍の大失策にほかなりません。

ほんの数年前まで、我が国の海軍軍人は肩身の狭い思いをしておりました。祖国を経済的に破綻させた犯人なりと後ろ指をさされ、純白の第二種軍装で外を歩くと石を投げられたものです。

相対的に陸軍の株はあがりました。軍艦に予算を奪われた被害者だとする声も強く、士官学校の志願者も海軍のそれを上回り、三宅坂の参謀本部は肩で風を切っておりました。これは敵失だったわけですが、彼らは滑稽《こっけい》にも己の才覚だと勘違いしたのであります。

傲慢《ごうまん》さで組み上げた砂上の楼閣が崩壊を始めたのは、一九三一年九月一八日のことでした。

奉天《ほうてん》における路線爆破テロ、いわゆる柳条湖《りゅうじょうこ》事件をきっかけに、関東軍は満州の諸都市を強引に制圧し、利権獲得を欲したのです。

これが満州事変の始まりでありました。

正直に申せば、柳条湖事件の真相は不明のままであります。関東軍の隠謀なりとする意見が大でございますが、線路や汽車のみならず、街の二割が吹き飛ぶような大爆発を自作自演で行うものでしょうか?

火元は弾薬を中心とする戦略物資の倉庫だった点から判断して、敵対勢力による破壊工作との説もございますが、これに関しては後述しましょう。

ともあれ、関東軍がこの爆発事件を活用した事実だけは否定できません。

作戦を推し進めたのは関東軍作戦参謀であった

東條英機大佐ですが、純粋に軍事的見地で考察するならば、満州事変は前半満点、後半赤点なりと申せましょう。

たった一万強の関東軍で、三〇万ともいわれる軍閥張学良《ちょうがくりょう》の勢力を駆逐したのです。相手は馬賊に毛の生えた程度の連中とはいえ、戦果は認めざるを得ません。

残念だったのは、息切れが早かったことであります。一一月にチチハルを占領したところまでは快調でありましたが、師走に思わぬ火事場泥棒が登場したのです。

一二月八日。極東ソ連軍が矛先を満州に向け、国境線を越えてきたのであります。

それが介入でも偵察でもなく、進軍であり侵略であったことは世界中が知るところですが、スターリン首相はあくまでも、これぞ義戦なりと声高に主張しました。

無為無策な国際連盟の代理として日本を懲罰し、抑圧された人民を解放するのだと。

現在も過去もソ連は国際連盟に加盟していないわけでありますから、お笑いぐさとしか言いようがありませんが、あの国に理屈や道理が通るわけがないのは皆様も御承知でしょう。

ひとつの例が翌年に派遣されたリットン調査団であります。

日ソ中の言い分を調べるため現地入りした彼らですが、全員ソ連軍に拉致《らち》されてしまいました。半年後に解放されたものの、なにを聞かれても「共産主義万歳！」としか話せないまでに洗脳されていたではありませんか。

盟約も宗教も否定するモスクワからの指令は、完全な奇襲攻撃となりました。関東軍は狼狽《ろうばい》し、戦線は一気に後退したのであります。

侵攻したソ連地上軍の戦力は五個師団、約四万八〇〇〇の大部隊でありました。その半分近くが機械化されており、戦車と装甲車は六〇〇台を超え、支援火砲も五〇〇門に迫る勢いでした。

特に手を焼かされたのはT26戦車であります。稼働率が高く、脚の速い新型に、満足できる対戦車装備を準備していなかった関東軍の将兵は手も足も出ず、寒冷地に骸《むくろ》を曝したのです。

チチハルは数時間で陥落し、ソ連軍は雪崩を打って満州鉄道本線を目指し、南下を始めました。満州事変の終わりの始まりでありました……。

大博打をしくじった日本陸軍ですが、私が考察したところ、敗因は四つあると考えます。

第一に、やはりソ連軍の動きを見誤ったことでしょう。関東軍は、中ソ関係の冷え込みぶりから推して、ソ連軍が満州に触手を伸ばすことはあり得ぬと判断していたのであります。

たしかに昭和四年には中東路事件が勃発しておりますが。中東鉄道の利権をめぐっての武力行使ではありますが、すでにソ連は満州への進軍を経験していたのであります。

この時の中ソ紛争は局地戦に終始し、ハバロフスク議定書の調印後にソ連陸軍は撤退したわけですが、彼らは次なる戦争に備えるため、地勢と都市の守りを充分に学習していたのであります。

しかしながら、関東軍はその事実を認めようとはしませんでした。満州国の建設は中国の弱体化に直結する。中ソが敵対している以上、モスクワが出血覚悟で進軍を命じることもあるまいと、希望的観測を抱いていたのであります。

常識で考えれば、日ソ間に平和条約が締結されていない以上、開戦の可能性は常に計算しておかなければなりません。関東軍作戦参謀の東條大佐はそれを無視したのであります。これでは苦戦は必至でしょう。

第二に、中央政界からの支援が得られなかった点があげられます。もともと満州事変は関東軍の独断専行に近く、東京からは早期終結が繰り返し求められておりました。

東條大佐を筆頭とする首謀者たちは、戦果さえ確保できれば政府も追認するしかあるまいとたかをくっていたようですが、総理大臣であった若槻禮次郎《わかつきれいじろう》は早く矛《ほこ》を収めよとの主張を撤回しませんでした。

もしも私が東條大佐の立場であったなら、政府の不拡大方針など無視して、朝鮮軍の派兵を実現させておりました。思うに東條には圧倒的に覚悟が足りなかったのであります。

ソ連参戦の翌日、混成第三九旅団と第二〇師団が朝鮮から北上したものの、時すでに遅く、戦局の好転には繋がりませんでした。

第三に、満州事変を画策した東條英機大佐本人が行方不明となったことでしょう。

彼の姿が最後に目撃されたのは一二月一二日の奉天であります。陥落したチチハルから退却中の部隊を督戦に赴くと称して姿を消し、現在にいたるも消息は知れません。

流れ弾で戦死したとも、ソ連に亡命したとも噂されていますが、真相は藪《やぶ》の中です。

東條大佐の失踪により戦線の崩壊に拍車がかかりました。やはりどんな指揮官でもいないよりはましなのです。指揮系統は乱れに乱れ、関東軍は敗走するだけの軍隊に凋落してしまいました。

そして第四の原因でございますが、私こと石原莞爾が作戦立案に一切関与していなかったことでございましょう。

関東軍に我が才覚を生かす気概と知恵さえあれば、満州事変は完遂できていたはず。それが悔やまれてなりません……。

ソ連侵攻軍の総指揮官であったヴァシーリー・ブリュヘル将軍は、中東路事件でも満州戦を経験したベテランであり、文字どおり機械的に機械化部隊を南下させてまいりました。彼の進路を阻む手段など存在しないかに思われました。

しかしでございます。破竹の勢いは奉天で強制停止させられたのであります。

地図を見ればわかるように奉天は満州の要石でございます。この地で大兵力を効率的に運用するには満州鉄道を使うしかなく、奉天は路線の中央に位置しております。

包囲のみにとどめ、迂回して大連や旅順を目指すのは無茶というもの。この都市を占領せずして、満州制圧はなし得ません。

日露戦争の戦訓からそれを熟知するブリュヘル将軍は、是が非でも奉天を奪えと厳命しましたが、この街は実質的な要塞へと変貌を遂げていたのであります。

そこに立て籠もった関東軍は長期持久戦を演じきり、停戦実現まで粘り抜いたのです。

そして奉天要塞化を進言し、実行させたグループこそ私が籍を置く昭和尚歯会なのであります。

怪しげな秘密結社にすぎぬと嘲笑《ちょうしょう》する声もありますが、実像はまったく違います。陸海軍のみならず、財界や知識人も巻き込んだ頭脳集団《シンクタンク》とご理解願いたい。まあ、これほど大っぴらになった秘密結社など、世界中どこを探してもございませますまいが。

児戯《じぎ》めいた自慢話をさせて戴くなら、奉天要塞化を進言し、その実現に骨を折ったのは、この私なのです。

もともと城壁に囲まれた古城であり、火砲の効率的な配置さえ実現すれば、攻めるに難く、守るに易い都市でございます。昭和尚歯会は奉天特務機関と連携を図り、支配権の確立と同時に山砲や野砲のたぐいを搬入していたのであります。

そして、奉天には各国諜報員がたむろしておりました。もちろんソ連のスパイもです。柳条湖事件は彼らによる破壊工作であったとの説が強いのも頷《うなず》けましょう。


弾薬庫の一部が焼け、鉄路も寸断されたため、敵将ブリュヘルは奉天の守備は手薄と判断したようであります。敵は中途半端な包囲のまま、攻撃をしかけてまいりました。

しかしながら、我らは新たな補給路を確保していたのであります。

陸路でも鉄路でも非ず。空路でございます。

すでに陸軍航空隊には四機の九二式重爆撃機が導入済みでありました。ドイツのユンカース社と交渉し、ライセンス権を購入したG38大型旅客機の同型機です。これを大連《だいれん》から発進させ、ピストン輸送で弾薬を送り届けたのです。

手柄を誇るわけではございませんが、空路活用を実現させたのも、この私なのであります。

満州事変の勃発前、私は陸軍航空本部総務部にて渡辺錠太郎《わたなべじょうたろう》大将の参謀を務めておりました。彼もまた昭和尚歯会の一員であり、奉天重視の考えに理解を示しておられました。

二年前からそこの民間滑走路に着目し、有事には軍用空港として使うべく整備に努めていたのは、渡辺大将の慧眼《けいがん》があったればこそです。

空輸を邪魔するものはございませんでした。ソ連軍は武力介入に際し、航空兵力を最初から用意していなかったのであります。これは侵攻を急ぎすぎた弊害でありましょう。

また、九二式重爆撃機は飛行を日没後に限定し、徹底して行動を秘匿いたしました。夜間離着陸は困難を極めましたが、操縦員たちはそれを可能とする段階にまで訓練を終えておりました。

是が非でも奉天がほしいブリュヘルは、五度にわたり総攻撃を実施しました。居留民の犠牲など無視した蛮行でありましたが、我が守備隊は五回ともこれをはね除けたのであります。

ここに満州戦線は膠着《こうちゃく》状態となり、日ソはともに休戦を望むようになりました。

貴国スイスのお膳立てにより、ここチューリヒで和平交渉が無事開催できたことに、日本国民のひとりとして感謝申し上げます。

しかしながら、偏向報道がまかり通った結果、ヨーロッパの言論界では日ソ紛争が日本の敗北とされている現実は無念でなりません。

明確にしておきたいのですが、我らは負けてなどおりません。賠償艦として戦艦〈加賀〉を譲渡したのは事実ですが、それで勝敗を論じるのは軽率でございましょう。

スターリンの要求を丸呑みし、新鋭戦艦を差し出したのは痛手ではあります。しかし、それで平和が買えたとなれば安いものでございます。

その決断を下したのは、一二月に若槻首相から座を受け継いだ犬養毅《いぬかいつよし》でありました。

大蔵大臣高橋是清の進言もあり、ソ連からの過大な要求を呑んだ犬養ですが、国内からは非難を一身に浴び、支持率は低迷しました。

昭和七年（一九三二年）五月一五日には、とうとう海軍不穏分子による暗殺未遂事件まで発生しましたが、挺身護衛官の内偵で襲撃は空振りに終わりました。

若干の同情論も起こりましたが、結局はチューリヒ講和条約が結ばれた同年九月をもって内閣は総辞職に追い込まれたのであります。

けれども犬養はこう断言したのです。災い転じて福となせばよいと……。

それは強がりではありませんでした。犬養には深謀遠慮があったのです。

「朝鮮半島に対する脅威を排除するため、まずはソ連軍を満州から撤退させることが急務。したがって過大な要求に従うのもやむなし。〈加賀〉の供出も致し方ない仕儀なり」

表面上はそうした言いつくろいをしながらも、犬養首相は次の展開を読んでおりました。強力な戦艦の存在は、欧州の軍事的調和に一石を投じることになるであろうと。

そして案の定、スターリンは〈加賀〉を激賞したのであります。

艦名こそ〈クラスヌイ・オクチャブリ〉——すなわち〝赤色十月号〟と改められましたが、四一センチ連装砲塔五基一〇門を有する四万トン級の巨艦は、欧州列強海軍の調和をかき乱す存在として君臨したのです。

もっとも危惧を抱いたのはドイツ海軍でありました。ベルサイユ条約下にあるため、一万トン超の軍艦は保有が禁止されていましたが、ヒトラーは〈加賀〉を海軍拡張の梃子《てこ》として利用したのであります。

「バルト海に現れた脅威に対抗する手段をドイツは確保せねばならない。その権利と義務を指導者たる私は保有している。

特に原因を作った日本には猛省を促すと同時に、ドイツにも同等の戦艦を提供する責務が生じたことを自覚させねば！」

ヒトラーは日本に対し、堂々と打診してまいりました。三年後に再軍備を始める腹づもりであるから、戦艦売却の予備交渉に入りたいと。邦貨にして一隻一億円以上で買い取る用意があると。

信じ難いほどの高値に、総理大臣に就任していた高橋是清は検討に値すると明言。先走った新聞各紙は、紀伊型戦艦の二隻が売却内定と未確認の情報をたれ流す始末でした。

哀れにもイギリス海軍はそれに振り回されてしまいました。対抗措置として我が国に対し、同等の戦艦を売れと催促してきたのであります。

欧州ではすでに仏伊への販売実績もあり、拒否も困難でした。良きにつけ悪しきにつけ、日本人は前例に弱いのです。

国際入札の開催が計画されるさなか、アメリカ合衆国までもが参加を表明し、これにソ連が続きました。〈加賀〉の完成度の高さに目をつけたスターリンは、もう一隻日本戦艦がほしいと駄々をこねたのです。

ここに戦艦輸出の将棋倒しが始まったのであります……。

八八艦隊は日本を破産させると同時に、再起の手掛かりともなりました。

輸出した艦を検分した各国海軍関係者は、その優秀性を渋々ながら認めました。結果として日本の造船業界は活気づいたのです。

貨客船や油槽船などの建造注文が世界中から殺到し、造船所は景気回復の担い手として急成長を遂げたのであります。

しかしながら、日本の経済状況はまだ健全とは言い難いのが実状。私がスイスまで足を運びましたのは、復興の起爆剤となる祭典の実現に御理解と御協力を賜りたいからであります。

昨年、すなわち一九三二年にはカリフォルニア州ロサンゼルスにて開催され、三年後にはドイツのベルリンで行われるオリンピックですが、一九四〇年には是非とも聖火を日本に誘致したいのであります。

これが実現の暁《あかつき》には、商業主義や軍国主義とは無縁の真の平和の祭典となりましょう。

一九四〇年の第一二回オリンピック大会は東京で開催されるべきなのであります……》

3　空母着艦
——一九三五年（昭和一〇年）八月一日

紀伊水道の海面は荒れていた。

雨はまだ落ちていないが、九州南端から張り出した低気圧の影響で波が高い。押し通るには度胸と操艦技術が必要だ。艦は揺れに揺れ、海軍軍人であっても潮気が抜けている者は船酔いに苦しむほどであった。

幸いにも、日本海軍が保有する三隻の航空母艦の一角をなす〈翔鶴《しょうかく》〉には、肝の据わった司令官と新進気鋭の航海長が座乗しており、現段階で航行に支障はなかった。

「横波に叩かれる。速力一八ノットまであげろ。進路はこのままだ」

艦長小澤治三郎《おざわじさぶろう》大佐が年齢相応の渋い声で命令すると、すぐさま航海長貞海開治中佐が若々しい調子で復唱する。

「諒解。増速開始。黒一〇《とお》」

スクリューの回転数をあげる指示が伝声管を通じて機関室へ送られるや、〈翔鶴〉は一気に船足を速めた。常備排水量一万二二五〇トンと、空母にしては小振りであるため動きは俊敏だ。

予想以上の驀進《ばくしん》ぶりに、航海艦橋に姿を見せていた海軍航空本部長山本五十六中将は、こう感歎《かんたん》するのだった。

「身軽な空母だな。僕が艦長だった頃はここまでの加速はできなかった。石炭混合から重油専用缶にした甲斐があったぞ」

小澤艦長がそれに反応し、自説を述べる。

「今春に終わった大改装により、本艦の最大速力は三二ノットと以前より二・五ノットも速くなりました。ご覧のとおり加速力も向上しています。雷撃戦の標的となっても回避は容易です」

「艦尾延長工事と同時に格納庫も広げ、搭載機数も二四機から三二機に増えた。同型艦の〈瑞鶴《ずいかく》〉と艦隊を組めば、六四機の艦載機を展開できるのは強みだ」

前級の〈鳳翔《ほうしょう》〉は実験艦の域を出ていないが、〈翔鶴〉と〈瑞鶴〉は実戦艦として活躍してもらわなければ困るからね」

山本五十六の言い分は、航空屋たる自らの立場と苦悩を端的に表現したものであった。

八八艦隊計画では補助艦の大量建造も予定されていたが、予算は戦艦へ集中投入され、他の艦種はすべて後回しにされていた。

なかでも煽《あお》りを食らったのが航空母艦である。戦略戦術が確立していない軍艦に力こぶを入れるような余裕は、当時の帝国海軍にはなかった。

手探り状態で〈鳳翔〉を完成させたのが大正一一年（一九二二年）暮れのことであった。結果的に世界初の空母となったこの小型艦は、いちおう満足できるだけの性能を保有しており、艦載機という未知なる兵器の活用を進めるに際し、必要なデータを獲得することには成功した。

問題は次なる航空母艦の策定であった。

豪華な大型艦が望ましいのか？　それとも中型艦で隻数を稼ぐのが賢いのか？

艦載機との絡みもあり、実験艦〈鳳翔〉だけで未来を占うには、航空母艦は未知数なものでありすぎた。

海軍を二分する議論が生じたが、それを強引に牽引し、まとめあげたのは昭和尚歯会であった。

航空戦力の拡充こそ国防の要《かなめ》なりと唱道するこのシンクタンクには、自他ともに飛行機屋と認める山本五十六が在籍していた。

彼の意見が、ほぼそのままの形で結実したのが〈翔鶴〉であった。三万トン級の大型艦を欲する声も強かったが、まだ空母の活用法が確立していない以上、見切り発車は危険と判断されたのだ。

常識論が勝利した結果、翔鶴型は〈鳳翔〉よりひとまわりだけ大きい空母となり、昭和三年（一九二八年）に浅野造船所にて完成した。

全長一九九・五メートル、飛行甲板の幅は二四・五メートルを確保すると同時に、艦橋構造物は撤去され、完全な全通甲板となった。〈鳳翔〉では塔型のそれが設けられていたが、着艦の障害になるという搭乗員の意見が採用されたのだった。

結局、翔鶴型の艦橋は飛行甲板先端の下に設置された。横幅が広く確保できたため、スペースには余裕があり、艦隊旗艦としても充分に使える。

また、煙突は湾曲式のものが右舷中央に下向きに設置された。熱流と煤煙を少しでも飛行甲板から遠ざける工夫であった。

稼働率が高かったため各部の損耗も激しく、完成して七年で近代化改装が行われた。復元性の向上や主缶の交換に加え、高角砲と対空機銃が倍増している。

再就役したばかりの〈翔鶴〉に山本たちは乗り込み、空母という新兵器を新たな舞台へ誘《いざな》おうとしていたのである……。

「本艦の健脚は軽巡のそれに匹敵します。高速戦艦と組んで機動部隊を編成すれば、あらゆる戦場で優位を確保できましょう」

かつて水雷戦隊に乗り組んでいた小澤艦長は自信ありげな調子でそう言ったが、山本は表情を曇らせるのだった。

「世界各国に戦艦を売り払う前であれば、大いに頷けるのだがね。我が海軍はコンパクト化を標榜しているが、少しばかりやりすぎた。八八艦隊で計画された戦艦のうち、日本残留が見込まれているのがたった四隻とはな……」

小澤艦長が強い口調で反論する。

「ならばこそ、帝国海軍はより航空戦力に重点を置かなければなりません。欧米の新聞に死の商人と蔑《さげす》まれようとも、とりあえず軍資金は稼げたのです。さらなる空母整備計画に本腰を入れるべき頃合いだと判断しますが？」

「やれることはやっているさ。水上機母艦や潜水母艦の全艦は設計時から工夫を凝《こ》らし、短期間で小型空母に改造できるようにしてある。

日本郵船にも声をかけ、有事の際は海軍が召し上げることを条件に大型客船建造にも費用を融通している」

なおも小澤艦長は食い下がった。

「頭数を揃えるのも大切ですが、小型艦では可能行動が限られてしまいます。攻走守のバランスがとれた大型空母でなければ艦隊決戦で勝利を握るのは難しいかと。

暴言を許していただけるのならば、本艦は名前負けしております。〈翔鶴〉や〈瑞鶴〉といった重厚な艦名は、次世代のより大型空母のために温存しておくべきでした。

戦艦は大量建造ができません。よって連合艦隊は航空機による穴埋めを磐石《ばんじゃく》なものとする必要があります。さもなければ来るべき近未来、星条旗をかかげた新たな黒船によって帝都は蹂躙《じゅうりん》されてしまうでしょう」

「帝国海軍は最初からアメリカ太平洋艦隊と戦うようには作られていないよ。日本海海戦のごとき艦隊決戦や、研究を重ねてきた漸減邀撃《ぜんげんようげき》戦法などは封印せねばな。

満州事変の失敗で大陸との物流は激減したじゃないか。関東軍も弱体化したままだし、朝鮮総督府は半島からの撤収を検討しているという。今後は米国のみならず、東南アジアを経由しての貿易が生命線になるだろう。

国内資源を持たない日本が生き残るには、海上通商線を維持するしかあるまい。戦時に船団護衛を実現するには駆逐艦だけでは駄目だ。軽空母を揃えなければね」

山本五十六がそう話した直後、突如として張りのある声を出した者がいた。

「僭越《せんえつ》ながら愚説を述べてよろしいでしょうか」

貞海開治中佐であった。航海長は進行方向を睨んだまま、抑揚のない調子で続けた。

「海軍が陸軍に吸収されるかもしれないと噂される時に、航空母艦の大小で揉めるなど、あまりに滑稽ではないでしょうか」

無情すぎる台詞に〈翔鶴〉の艦橋は水を打ったかのごとく静まりかえった。微妙な空気を変えるべく小澤艦長が言う。


「航海長、それはいま話すべき話題ではないぞ。本艦が陸軍航空隊の客人を乗せていることを忘れるな。彼らの任務に協力するのが〈翔鶴〉の任務なのだから」

「心配無用です。連中は船酔いに苦しみながら、前部エレベーター横の高角砲のそばに詰めていますから、聞かれる心配はありません。着艦を見逃さないためには、たしかにあそこが一等席です」

航海艦橋から艦載機の動向が目視できないのは〈翔鶴〉の欠点のひとつだった。そして便乗している陸軍航空隊の面々は、どうしても着艦場面を確認しなければならなかった。

理由はあった。接近中の機を操るパイロットの襟章に記されたマークは桜ではなく、星だったのである……。

裏事情を把握する山本は言葉を選び、こう告げるのだった。

「陸海軍とも過去の失策を責められ、予算は毎年削られている。組織の維持さえ難しくなっているのが現状だ。この際、合併したほうが国防にはよい結果をもたらすとの意見が、海軍省の内部からも出ている。

しかし、一足飛びに組織統合などできない。段階を踏まなければ、状況はさらに悪化する。軍の改革を成し遂げるにはもっと違った視点から着手しなければね」

「空軍の創設でしょうか」

限りなく正解に近い指摘に〈翔鶴〉の航海艦橋は、再び静寂に満たされた。貞海は無遠慮に自説を続ける。

「仮にそうであれば、規模から考えて陸軍航空隊が海軍航空隊を吸収する形になるはず。陸軍は今回の洋上訓練を既成事実として積み重ねていく気では？　あっさり成功すれば、着艦など多少の稽古でなしうる技と喧伝《けんでん》される危惧もあります」

小澤艦長が抑揚のない調子で戒めた。

「憶測でものを言うな。皆の士気が落ちる。それに艦長として言うが、誰が操縦桿を握っていようとも、着艦は絶対に成功してもらうからな。こざかしい隠謀や根回しに頼るほど、帝国海軍は落ちぶれてはいない」

すぐに山本も厳しい声色《こわいろ》で、

「もしや航海長は着艦失敗を願っているのかね。だとすれば、人間としても軍人としても不適格だ。狭量な人物は昭和尚歯会には不要だぞ」

と叱責したが、貞海は静かに返すのだった。

「いいえ。私もまた着艦成功が望ましいと考えております。結果的にそれが陸海軍航空隊の合併を加速するとしても、国防力の向上に直結するのであれば、忌避する理由はありません。

海軍軍人としては寂しさも禁じ得ませんが、甘受すべき運命でありましょう」

断定的な物言いだと貞海は自覚しつつも、後悔はなかった。昭和尚歯会に入会後、山本五十六と行動をともにしてきたが、彼から本音を引き出すにはこれくらいが必要だった。

やがて貞海がかつて命を狙った上官は、木訥《ぼくとつ》とした口ぶりで語り始める。

「陸海軍航空隊の合併から始まる空軍の創設……それで終わりではないぞ。限られた予算で国防を成し遂げるには、もう一歩踏み込んだ組織改革が必要だと、昭和尚歯会首脳陣は意見の一致をみた。かねてより練り上げた腹案を、実行に移す時が迫っているのだ」

横から小澤が訊ねた。

「陸軍省および海軍省の解体が噂されていますが、あるいはそれでしょうか？」

戦艦競売に反対していた小澤は、昭和尚歯会とは距離を置いて接しており、内情には疎かった。艦長の指摘に、山本は憮然とした表情のまま返すのだった。

「相撲をとる前に手の内を教える馬鹿はいない。江戸末期、かつての尚歯会は蛮社《ばんしゃ》の獄で解散させられたが、同じ轍を踏む愚は避けなければ」

それくらい過激な改革が考えられているということか。貞海はそう察知した。彼もまた昭和尚歯会の一員だったが、上層部の計画を知り得る立場にはなかったのである。

山本は目を細め、艦首で砕ける波濤《はとう》を睨みつけて言った。

「航空機の発展によって、戦艦が相食《は》む時代は終わるだろう。同時に帝国海軍水上砲戦部隊の歴史もまた終わる。いや、我々が終わらせなければならないのだ。帝国海軍の死に水を取れるのは、憎まれっ子の山本五十六しかおるまいしな」

重苦しさが勢力を拡張する〈翔鶴〉の艦橋に、見張りからの報告が響いた。

「航空機一を発見。一二時方向、距離四五〇〇。本艦に接近しつつあり」

貞海は昼夜兼用の艦内時計を見た。一一四五《ひとひとよんご》。定刻どおりである。

双眼鏡をつかむと進行方向を睨む。いた。雲間に影が確認できる。

反射的に黒点を指さした。貞海の右手は五本中二本が義指だが、現状で支障はない。

「意見具申いたします。天気予報によれば、午後遅くには空模様が回復するようです。着艦訓練はそれ以降にまわすのはどうでしょう？　あの機体の搭乗員も、そう望んでいるはずです」

＊

眼下の軍艦の低いマストに明滅信号がせわしなく灯った。操縦桿を握る阿光陸彌中佐は、目を凝らして相手の意志を読み取る。

『悪天候ニツキ着艦訓練ヲ午後ニ延期シテハ如何ナリヤ？　返答ヲ待ツ』

意味深なモールス信号の連なりに、阿光は機上で声を荒らげるのだった。

「ここで引き返したら海水浴しなきゃならないんですよ！」

急いで拳銃型の信号機で意志を発する。

『ワレ残燃料少ナシ。速ヤカナル着艦ヲ望ムモノナリ』

　味気ない返事がすぐにやって来た。

『了解。留意シテ着艦ニ挑マレタシ』

　その反応に阿光は苛立ちを募らせ、

「挑めだって？　失礼な言い草だなあ。まるで失敗することが前提みたいだ。こっちは特訓を積んできたんだぜ。しくじるはずが……」

　と言ったが、強気な自我は着艦場所を認識した直後にしぼんでしまった。

「待てよ。信号を送ってきたのは支援駆逐艦じゃないぞ。あれが空母か？　まるで猫の額《ひたい》だ。あそこに降ろせっていうのか!?」

　地上の滑走路を飛行甲板に見立てた訓練を重ねてはいたが、やはり本番は勝手が違う。それをまざまざと思い知らされる阿光であった。

　だが、怯《ひる》むわけにもいかない。今回の着艦には陸軍航空隊の将来が、より極論するなら日本航空界の未来が懸かっているのだから。

　ここで引き返しては昭和尚歯会の計画が狂う。〈翔鶴〉には陸軍航空隊の重鎮も乗り込み、この九五式艦上戦闘機の動向を注視しているのだ。遅延も失敗も許されはしまい。

　阿光中佐は覚悟を決め、〈翔鶴〉の頭上をフライパスしながら、艦尾方向へと回り込んだ。

　この着艦こそが日本の新たな国防へ直結すると念じながら……。


　後世に〝呪われた二〇年〟と呼称されるように日本経済は斜陽のままであった。

　国防予算は毎年のように削られ、陸海軍は自発的な軍縮を余儀なくされていた。ともに財政破綻の要因を作った主犯格である以上、身を切る改革が求められて当然だった。その内部では、生贄《いけにえ》の選定作業が始まっていた。

こうした場合、新参者は立場が弱い。航空隊が槍玉にあげられるのも仕方のない話だった。

将来の主戦力と嘱望されていた軍用機は、信じられぬほどの金食い虫でもあった。規模縮小のみならず、一部には部隊解散の意見さえあった。いずれにせよ、思い切った組織改革が必要とされていたのである。

ここで昭和尚歯会は積極的に動いた。いっそのこと陸海軍から航空兵力を全廃すれば金が浮く。厄介事や責任は、すべて新組織に押しつけてしまえばよいと。

つまりは空軍の創設であった。

しがらみに縛られた帝国軍人にとっては受け入れ難い選択肢であり、確実に功罪はあるが、長期的視野で考えるならば利点の数が勝るはずだ。

海軍は消極的であったが、陸軍は強い興味を示した。仮想敵国に設定しているソ連は独立空軍を保有しているのだ。こちらにも同等の組織がなければ対抗上不利になる。甘く見られれば、満州に再度侵攻してくる危惧もあろう。

現実問題として空軍を創設するとなれば、規模から考えて、陸軍航空隊を主体とした再編制が実施されるだろう。

陸軍としては、実質的に勢力拡張に繋がるわけで損などない。昭和尚歯会の中堅将校である板花義一陸軍大佐が柱となり、水面下での工作が始まった。

政財界の説得は中島飛行機を創設した現衆議院議員の中島知久平《なかじまちくへい》があたった。立憲政友会顧問であり、第二次高橋是清内閣で鉄道大臣を拝命し、昭和尚歯会知能顧問団《ブレーントラスト》の一員でもある彼は、航空兵力の一本化による合理化こそが軍費健全化の端緒なりと説いた。

しかしながら、過激な改革案の提出には反発がつきものであり、成就には根回しが必要だ。前例と実績の積み重ねなくして成功はおぼつかない。

陸軍中佐阿光陸彌による今回の飛行はその第一歩であった。

表向きの理由としては、陸海軍航空隊の技量調査とその均一化を図るためとされていたが、実際は違う。

陸軍パイロットが、短期間の訓練で最難関なりと海軍が主張している空母着艦を成功させたなら、空軍創設における主導権を握れる。

そんな思惑があったのだ。

視野において徐々に拡大されていく〈翔鶴〉の左舷に、青と赤の光が見えた。

降下指導灯である。三メートル間隔で設置されたそのライトが一直線になれば、機は正常な降下角度を維持していることになる。

阿光は当て舵をしつつ、機首をあげた。短期集中講座で着艦の手引きを教わった際、絶対に習得すべしと厳命された三点着陸を成功させるためである。

主翼の脚と機体の尾輪を同時に接地させる海軍機独特の操縦法だ。短い滑走路を空母に見立て、規定範囲に着陸する練習を繰り返し、それなりに自信を深めていたが、想定外の事態とは得てして起こるものである……。

突如、なんの前触れもなしに〈翔鶴〉の艦尾が大きく持ち上がった。波の狭間で船首揺れ《ヨーイング》が生じたのだ。

実際の話、うねりの規模としてはたいしたことなかった。海と波を知る海軍パイロットならば、そのまま着艦を敢行しただろう。だが、阿光中佐は陸軍航空隊で育成された男であり、海面の表情はまだ読み切れなかった。

加えて彼にはハンディキャップがあった。七年前に長崎港沖合で誤射された阿光は、不時着水で頭を強打した結果、右目の視力がやや衰えていたのである。

一種の乱視で、軍務に支障なしと言い張っていたが、十全な立体感を得ることはできなくなっていた。九五式艦上戦闘機が複葉機で、前方下部の視界が確保できなかったことも悪条件となった。

それらが判断を誤らせた。平常心を失ったわけではないが、阿光は状況を危険と認識し、着艦のやり直しを決意した。

両手で操縦桿を引いた直後だった。羽布張りの翼端が不正振動を起こした。降下速度が六五ノットを切っていると気づいた時には、もう手遅れであった。機体が失速を起こしかけている！

着艦は〝計算された墜落〟とも呼称されるように、最終段階では意図的に失速させることが求められる。

しかし、タイミングが早すぎた。九五式艦戦が揚力を喪失した際の高度は五メートルもあった。それも〈翔鶴〉の中央付近でだ。

当然、激突した。右の固定脚が折れ、機体は檜《ひのき》が縦に貼られた飛行甲板を削り取りながら艦首へと爆走した。

こうした事故に備え、空母の舳先《へさき》側には高さ三メートルの鋼鉄索《バリケード》が準備されており、制御不能となった機体を強制停止できるようになっている。

だが、阿光機の運動エネルギーを相殺するにはあまりに脆弱《ぜいじゃく》すぎた。

大破した九五式艦戦は鉄柵を突き破り、飛行甲板の突端から転落したのだった。

＊

着艦が不首尾に終わったことは飛行甲板の真下にある〈翔鶴〉の艦橋でも察知できた。

凄まじい轟音が頭上を駆け抜けたかと思うと、黒い何かが眼前の窓にぶち当たった。軍艦のそれにしては大きすぎる強化硝子《ガラス》があちこちで砕け、破片が舞い散った。

惨状の主役となったのは九五式艦戦の残骸だ。

不時着にきわめて近い状態で飛行甲板と接触し、最終安全装置の鋼鉄索も突き破り、艦首方向へと落下したのだ。〈翔鶴〉はちょうどその位置に艦橋が配置されており、貞海中佐たちは劇的な場面を目撃した。

「事故発生。応急班は艦首へ急げ！」

耳ざわりな命令を聞きながら、若き航海長の貞海は状況を確かめるのだった。

いまや九五式艦戦は、いつ切れるかわからない数本の鋼鉄索で宙吊りにされていた。危ういバランスが崩壊すれば揚錨機《ようびょうき》の真上に落下し、惨状は拡大しよう。その前にパイロットだけでも救助しなければ。

数秒後、機体に動きが生じた。逆さ吊りになった操縦席から誰かが這い出してきた。九五式艦戦に風防がなかったことが幸いしたようだ。

その男は半壊した主翼の付け根に足をかけ、窓枠に体を預けるような体勢を取った。

まだ助かったわけではない。陸軍航空隊の飛行服をまとった中佐は、危ういバランスを保ったまま窓外にぶら下がっていた

貞海は、蜘蛛の巣のようなヒビが走った硝子を肘で粉砕し、パイロットに右手を伸ばした。相手もこちらの意志に気づき、片手でそれをつかんだ。力任せに引っ張り込む。手袋の下で義指が外れ、握力が数段落ちたが、生にしがみつくパイロットが自力で補填してくれた。

彼は傷だらけになりながらも艦橋に転がりこんだ。その直後、鋼鉄索が力尽きて切れ、破壊した九五式艦戦は落下し、大音声を奏でた。まさに間一髪だった。

「総員に達する。着艦事故発生。消火班は総員、艦首上甲板へ急げ」

これほどの異常事態にもかかわらず、小澤艦長はあくまでも冷静な態度を崩さず、のちに鬼瓦と評される大器の片鱗《へんりん》を見せていた。

それに影響されたわけでもないだろうが、満身創痍の陸軍パイロットもまた、場違いなまでに沈着さを保ったままで返礼した。

「陸軍中佐阿光陸彌、現時刻一二一五をもって航空母艦〈翔鶴〉に着艦いたしました。乗艦許可を頂戴したく思います」

不敵すぎる言い分に反応したのは山本五十六であった。

「阿光中佐、控えめな君にしてはずいぶん派手な登場だね。同じ昭和尚歯会の一員として擁護してやりたいが、この状態で着艦成功と言い張るのはいくらなんでも無理があろうよ」

しかし、阿光は強気を崩さない。

「陸軍航空隊幹部の認識では、自分が事故死すれ

ば失敗ですが、生き残りさえすれば成功との話でありますす。多少荒っぽい着艦だったことは認めますが、原因は急に艦尾が持ち上がったため。後日、然るべき筋から貴艦の航海長に説明を求めることになりましょうな」

不遜な言い分に、貞海中佐は姿勢を正してからこう語りかけた。

「私が航海長の貞海だ。文句があるのなら、いまこの場で承《うけたまわ》ろう。ただし私は、フネは操れても波は操れんのだ。それだけはご承知おき願いたい」

阿光は、自分の命を助けてくれた人物の口から発せられた正論に感服したのか、態度を改めるのだった。

「失礼しました。自分は海と軍艦に関しては素人ゆえ、どうかご容赦を。ただし、飛行機に関しては玄人だと自負しております」

「玄人ならば着艦など楽にこなすと思うが。一歩間違えれば、本艦は飛行甲板が全焼していたかもしれないのだぞ」

「その心配はなかったな。脱出前に発動機は停止させたし、燃料もあまり残っていなかった」

ほどなくして、応急班から報告が入った。九五式艦戦は大破しているが、航空ガソリンは漏出しておらず、爆発の危険は認められない。修理は不能と判断。海上投棄《レッコ》の許可を求むと。

小澤艦長はさすがであった。応急班に機体破棄を命令すると、落ち着き払った表情のまま、こう話したのである。

「本艦の艦長として、阿光中佐の乗艦を認める。また、着艦の成否は陸軍航空隊の判断に委ねるものとしたい。余所《よそ》さまの評価など、海軍軍人の職務からは外れているからな。

ひとつだけ訊ねたい。ガソリンが少なかったとはいえ盾津《たてつ》飛行場までは飛べただろう。ひとまず引き返して、午後から再挑戦するという選択肢は考えられなかったのかね」

胸を張り直してから阿光は答えた。

「自分は〈翔鶴〉の皆様にお届けしなければならぬ急報をお持ちしたのであります」

不可思議な自信に満ちた言い分に、貞海中佐はこう問い返すのだった。

「よほどの重大事件ということか。如月《きさらぎ》事件の残党が、また暴れ出したとでも？」

それはこの冬に発生したクーデター未遂事件であった。

陸軍の過激派青年将校が首都機能奪取と皇居制圧を画策し、二月二六日に蜂起を強行せんと欲していたが、昭和尚歯会はこの情報をいち早くつかみ、計画を断念させていたのである。

首謀者の大多数は捕縛されたが、一部には大陸へと逃走した者もいた。怪しげな反日宗教団体が資金援助をしたという未確認情報もある。連中が帝都へ舞い戻り、再び隠謀をめぐらせても不思議ではない。しかし、阿光は首を横に振った。

「いいえ、悪い知らせではありません。待ち望んだ吉報であります」

おおと短く唸《うな》ってから、山本五十六が言った。

「吉報だと？　そうか。ベルリンから電文が届いたのだな！」

「まことに左様。文面は〝東京、ついに勝てり〟であります。すなわち一九四〇年の夏季オリンピックは日本開催が決定したのです！」

第2章 リオグランデ沖海戦

1 ポケット戦艦

——一九三九年一二月一三日

オリンピックという平和の祭典がアジアで初めて開催される一年前——ヨーロッパでは真逆の嵐が吹き荒れようとしていた。

ドイツ第三帝国の総統アドルフ・ヒトラーが、何度目か自分でも認識していない領土的野心を満たすため、ポーランドへと武力侵攻を開始したのである。

一九三九年九月一日に開始された電撃戦《ブリッツクリーク》の結果、中欧の大国は鉤十字《ハーケンクロイツ》が描かれた機械化部隊に蹂躙され、膝を屈した。

イギリスとフランスは開戦二日後に対独宣戦布告を発し、全軍が戦闘状態に突入したが、ドイツと直接砲火を交えることはなく、場違いな静寂が西部戦線を支配していた。

世に言う〝まやかし戦争《フォニーウォー》〟である。ドイツ側も連合国側も、国内事情を鑑《かんが》みればただちに攻勢に打って出る余裕などなかった。

ただし、それは陸戦に限定すればの話だ。海では小競り合いが始まっていた。ヒトラーはかねてからの計画どおり、水上艦やUボートを用いての通商破壊戦を命令していたのである。

海戦を、大戦の勝敗には直結しない時代遅れの戦闘だと批判する者もいるが、現代戦に残された最後の純粋な軍事行動と評価する声も大きい。

　地上戦ではどうしても非戦闘員に多数の犠牲者が生じるが、海戦は（一部の不運な民間船を別にするならば）主として軍人同士の殺し合いに終始するからだ。

　そして欧州大戦の帰趨《きすう》を決定づけたのは、軍艦同士によって演じられた海上決戦であった。

　その主役となったのが、日本が建造した戦艦群であった事実はあまり知られていない。

　金のために平和を貶《おとし》める武器商人国家と蔑まれた日本であるが、現実は真逆であった。八八艦隊のなれの果ての艨艟《もうどう》たちは、戦火を最小限に食い止める役割を果たしたのだった。

　その第一の海戦は南大西洋のラプラタ沖で惹起《じゃっき》したのである……。

＊

　ドイツ海軍《クリークスマリーネ》に所属する〈グラフ・シュペー〉は南米ウルグアイの沖合を一路北上していた。

　全長一八六メートル、排水量一万二一〇〇トン。重巡を想像させるスペックだが、そのカテゴリーに属してはいない。ドイツ海軍は彼女に装甲艦《パンツァーシフ》という艦種名を与えていた。

　主砲は二八・三センチ砲だ。艦のサイズを考えると、アンバランスなまでに大きい。

　ヴェルサイユ条約海軍条項を逆手にとった型破りな軍艦であり、英仏からは〝袖珍戦艦《ポケット》〟と半畳《はんじょう》を入れられたものだが、兵器の見てくれと中味は相反することが多い。

　現に〈グラフ・シュペー〉は初陣で戦闘単位と

しての実績を積み上げることに成功していた。

本来の任務であった通商破壊戦において輸送船九隻を撃沈もしくは拿捕《だほ》しただけでなく、この日の早朝に勃発したラプラタ沖海戦では、巡洋艦三隻からなるイギリス艦隊を翻弄《ほんろう》し、その全艦に手傷を負わせたのである。

もちろん、代償も小さくはなかった。

二〇発を超える命中弾や、その数倍の至近弾によって喫水線下には六箇所もの亀裂が生じ、浸水は深刻なレベルだ。

艦長ハンス・ラングスドルフ大佐が攻撃を打ち切り、退避行動に移ったのも仕方のない選択であった……。

「ワッテンベルク航海長、小癪《こしゃく》な二隻の巡洋艦を突き放すことはできんのかね」

憔悴《しょうすい》した自分を駆りたてるかのように、ラングスドルフ艦長は強い調子で言った。

「自助努力のみでは難しいでしょう。現在、本艦の発揮可能速度は二三ノット。イギリス巡洋艦が追跡を諦めてくれないかぎり、逃走はかなわぬかと思われます」

海図盤を睨みつつ航路を策定中だったワッテンベルク中佐はそう返したが、ラングスドルフは渋い口調で告げるのだった。

「それは無理な相談だ。ジョンブルは地球でいちばんしつこい連中だからな。俺は前の大戦でそれを学んだ。地獄のユトランド沖海戦でな」

ラングスドルフは現在四五歳。第一次世界大戦で壊滅したドイツ大海艦隊《ホッホ・ゼア・フロッテ》の数少ない生き残りであり、水雷戦術の専門家であった。

駆逐艦運用の実績と本人の要望によって最前線

の艦隊勤務がかない、開戦前から〈グラフ・シュペー〉を率いて大西洋を遊弋《ゆうよく》していたのである。

「連中を出し抜くとなれば夜陰に紛れるしかないでしょうが、完全な日没まで、あと三時間はあります」

そう告げたのは補佐役であるカイ副長だった。

ラングスドルフは艦内時計を見た。時刻は午後四時。西に傾いた太陽は陰りの兆しを見せ始めているが、夜陰が周囲を支配するまでには時間がかかりそうだ。

カイ副長はゆっくりとした調子で続けた。

「敵艦隊が危険を顧みず接触を続けている理由はひとつ。援軍を待っているのです。新手と接触したならば、本艦は危ういかと」

悔しいが認めるしかなかった。まだ〈グラフ・シュペー〉には牙こそ残っていたが、噛みつく力は半ば損なわれていたのである。

三連装二基の二八・三センチ砲塔は健在であったが、司令塔のトップに据えられた測距儀は破壊されていた。探照灯もすべて砕かれ、夜戦には大いに不安があった。

弾着観測機を発艦させる手もあったが、肝心の水上偵察機アラドAr196は大破している。

対水上レーダーFuMO22型も機能不全だった。対空警戒も可能な新兵器だが、波長八二センチという周波数は自慢できる数値ではなく、またディーゼル艦特有の振動でカタログデータどおりの性能は発揮できていなかった。

ラングスドルフは臍《ほぞ》をかむ思いであった。最初の予定どおり、中立国ウルグアイのモンテビデオに入港していたなら、とっくに修理に着手できていただろうに。

（すべては総統命令のせいだな。現場を無視した横槍のせいで本艦は死地に追いやられようとしている。私が忠誠を誓ったのは祖国ドイツであって、断じてナチスではないのだが……）

　苦い思いを胸中に抱くラングスドルフに、ワッテンベルク航海長が報告した。

「艦長、新航路の策定が完了しました。フォークランド海流を利用すれば、明日の昼前にはリオグランデへ入港できます。ただし、沿岸からいったん離れるコースですが」

　リオグランデはブラジルの南端に位置する港町である。かつてはポルトガルの軍港であり、独立後も基地としての色合いを強く残す重要拠点だ。

　そしてモンテビデオとリオグランデの距離は、航路にもよるがおよそ五〇〇キロ。二〇ノットで駆け抜けたとしても半日は余計にかかる。やはり目的地の急変更は痛手であった。

　ラングスドルフは海図を睨み、熟慮した。

　赤線で描かれた新航路を進めばたしかに数時間は節約できるが、海岸からは離れたくない。沖に出れば出るほど接敵の危険が増すし、一時的とはいえブラジルの領海から遠ざかることになる。

　南米の大国《ブラジル》は依然として中立国だが、一九三八年に締結された独伯《どくはく》海軍協定以来、イタリアと同等もしくはそれ以上の親独国となっていた。

　ここで〈グラフ・シュペー〉が入港したならばプリニオ・サルガード大統領の背中を押す効果が得られよう。

　ブラジルが枢軸の一角として英仏へ宣戦布告をしたならば、ヒトラーの野望はまたひとつ成就に近づくのだから……。

　様々な要素を天秤にかけ、ラングスドルフ艦長は決断を下した。機関の復調が期待できないのであれば、ここは入港を早める選択肢に賭けるべきだと。

「ワッテンベルク航海長、君が描いたコースに本艦を乗せてくれたまえ。日没直前にもう一度煙幕を展開し、英艦隊を振り切ろうではないか」

2　ブラジル沖包囲網

――同日、午後五時三五分

「ポケット戦艦が転舵した模様。北北東へ逃走中。速度変わらず！」

見張り員の張り上げた声が、軽巡〈アキリーズ〉のブリッジに響き渡った。

「沖合に出る気か。海流に乗って勢いをつけられては面倒だ。絶対に見失うな！」

艦長のウィリアム・E・ペアリー大佐だった。早朝の戦闘で負傷した大腿部の痛みを無視し、彼は続ける。

「我が任務は友軍艦隊が到着するまで〈グラフ・シュペー〉と触接を続けることだ。ここで逃げられては〈エクセター〉の犠牲が無駄になるぞ」

ペアリー艦長の気迫は五四四名の乗組員に伝播した。敗色濃厚ながらニュージーランド海軍所属の〈アキリーズ〉は士気旺盛であった。

「艦長、〈エイジャックス〉より発光信号です。ただちに前進して風上に占位せよ！」

それは南米支隊――別名〝G部隊〟司令官ヘンリー・ハーウッド代将からの命令だった。

現状でG部隊は〈エイジャックス〉〈アキリーズ〉の二隻だけである。数時間前まで〈エクセター〉も一緒だったが、この重巡は〈グラフ・シュペー〉と殴り合って大破炎上し、フォークランド諸島へと退避中であった。

旗艦〈エイジャックス〉も無傷ではなかった。艦尾に敵弾を受け、五〇口径一五・二センチ連装砲塔四基のうち、後方の二基が使用不能となっていた。通信装置も破壊され、他の艦隊との連絡は〈アキリーズ〉が代行している。

その〈アキリーズ〉は小破していた。直撃こそなかったが、至近弾を多数食らい、破片で死傷者が続出していた。

ペアリー艦長自身も両足を切り裂かれ、一時的に歩行困難となっていた。応急手術で出血を止めた彼は、軍医の制止を振り切ってブリッジに戻り、指揮を継続していたのである。

「増速だ。速力二七ノット、面舵一五度」

艦長命令のもと、全長一五九・一メートルのスマートな船体が軋《きし》みをあげた。イギリス軽巡らしからぬ巨大な一本煙突から黒煙が舞い上がる。

リアンダー型二番艦である〈アキリーズ〉は、建造されたのは英国本土のバーケンヘッド造船所であったが、現在のところイギリス海軍には所属していない。

艦籍はニュージーランドにある。三年前、英連邦の一角をなす南半球の同国に貸し出され、その主力艦として存在感を示していた。

イギリスの対独宣戦布告と歩調を合わせたニュージーランドは、遠路遙々《はるばる》大西洋まで〈アキリーズ〉を派遣し、ポケット戦艦の捜索に従事させていたのだった。

「砲術長に問う。現状で〈グラフ・シュペー〉と殴り合って勝機はあるか」

ペアリー艦長はイギリス海軍軍人だが、乗組員の六割強はニュージーランド人である。砲術長のリチャード・ウィッシュボーン大尉もまた、ニュージーランド海軍に籍を置いていた。

数十匹の苦虫を噛み潰したかのような表情で、ウィッシュボーンは答えた。

「悔しいですが、限りなくゼロに近いでしょう。二八センチ砲と一五センチ砲とでは砲弾の破壊力が違いすぎます」

リアンダー型で採用されたMkXXⅢ型主砲は、けっして凡庸《ぼんよう》な兵器ではない。ネルソン型戦艦の副砲を手直ししたそれは、最大射程二万三〇〇〇メートルを超える優秀な艦砲である。

だが、一五・二センチ砲の限界を超えるものではなかった。ウィッシュボーン砲術長はさらに続ける。

「敵の主砲弾は一発あたりおよそ三〇〇キロ。本艦の一五・二センチ砲弾は五〇・八キロ。これでは最初から試合になりません。

同じリアンダー型の〈エイジャックス〉は一撃で戦闘力を半減させられてしまいました。本艦が勝っているのは砲門数と速度と士気くらいです」

ペアリー艦長は即座に返した。

「その三要素で充分ではないか。特に士気は我らの努力しだいで、まだ向上が見込める。そのことを忘れるな」

「イエス・サー。どうやら敵艦はそれができていない様子ですね。本気で襲いかかってくれば〈アキリーズ〉を討ち取ることなど簡単でしょうに。〈エクセター〉を撃破して満足したのでしょうか？　あるいはバトルレポート以上の被害を与えた可能性も？」

戦況報告を信じる限り、ラプラタ沖の砲撃戦でポケット戦艦に多数の命中弾を与えたのは事実である。

だが、戦果は薄いと判断されていた。小規模な火災を生じせしめたものの、敵艦は砲力に陰りを見せていない。

それなのに逃走に移った理由は？　キーウィをこよなく愛する砲術長の言ったとおり、想定外のダメージでも与えたのか？　たとえば指揮系統に人的被害が生じたとか？　俺が両足を切り裂かれたように？

ペアリーは首を振り、希望的観測を打ち消した。艦長は現状に即した回答に行き着いたのだった。

「ヒトラーの戦艦は〈アキリーズ〉など歯牙にもかけていないのだ。ブラジル入港を最優先課題に設定しているのだろうな……」

＊

南米最大の覇権国家を目指すブラジルは、まだ中立国の看板を掲げているものの、実際はドイツに強く肩入れしていた。

以前は状況が異なっていた。

クーデターで政権の座についたジェトゥリオ・ドルネレス・ヴァルガス大統領は、仮想敵国のチリやアルゼンチンが親独政権を標榜していたため、対抗措置としてアメリカ寄りの態度を取っていたのである。合衆国も親米政権だと認め、経済支援のみならず、軍事的協力も惜しまなかった。

アメリカ合衆国に寄り添ったいちばんの理由は戦艦〈アマゾナス〉の存在である。

日本から入手した〈陸奥〉の後身だ。前大統領のワシントン・ルイスが購入した巨艦であったが、ヴァルガスはそれを持て余し始めていた。

兵器とはアフターサービスが肝心である。軍艦もまた然り。売約契約では、今後一〇年間は日本が〈アマゾナス〉の有償メンテナンスを行うとされていたが、それは実現不能となっていた。

アメリカが対日干渉を強めてきたのだ。武器商人として今後もブラジルと商売を重ねる気なら、石油取引の制限も考慮せざるを得ないと。

合衆国の狙いは二つあった。まず仮想敵国たりえるブラジル海軍の芽を摘み取ってしまうこと。そして、もうひとつは南米に巨大な武器販売市場を作り上げることだ。

目論見は成功したかに思えたが、一九三六年にルーズベルトを破って当選したアルフレッド・ランドン大統領は、対ブラジル政策を一変させたのだった。

協調関係を構築できたルイス前大統領と違い、クーデターで権力を掌握したヴァルガスは独裁者気質である。そんな男に援助などできないと。

金も技術もないブラジル海軍に、単独で戦艦の戦力維持は無理だった。かつて〈陸奥〉であった〈アマゾナス〉は近代化工事も放棄され、軍港で赤錆《あかさび》に覆われていった。

ランドン大統領の通達は脅しだった。借款を繰り返すブラジルに警告したつもりであったが、事態はあさっての方向に動いてしまった。

意外にも神経質だったヴァルガスは、アメリカからの絶縁宣言に失望したのか、一九三七年元旦に拳銃自殺を遂げたのである。

その後、政権を握ったのは極右政党として悪名を馳《は》せるインテグラリスタ党であった。大統領に就任したのは党代表で、小説家でもあるプリニオ・

サルガードだ。

露骨なまでに反米親独を唱えるサルガードは、ヒトラーと積極的に接触し、大規模な技術支援を引き出すことに成功した。

具体的には港湾の近代化と潜水艦技術の導入である。一九三八年一月に独伯海軍協定が締結され、ブラジルはドイツの影響下に置かれることが決定的となった。

怒濤の展開にランドンは己の浅薄な決断を呪い、そして英仏による対独開戦に恐怖した。

もしもブラジルがドイツ側で参戦したならば、ドイツUボート艦隊は南米に後方支援基地を与えられたも同然だ。無差別潜水艦作戦が実施され、大西洋の通商ラインはズタズタに切断されよう。

アメリカは飴《あめ》と鞭《むち》を繰り出し、必死にサルガード大統領を説き伏せ、現在のところ中立を維持させているが、ドイツは味方陣営に引き入れようと躍起になっている。

危ういバランスが続くこの状況で、ドイツ海軍ポケット戦艦〈グラフ・シュペー〉がブラジルの領海に入れば、劇的な化学反応が巻き起こる危険性は十二分にあった。

だからこそ、海軍大臣に就任したウィンストン・チャーチルはG部隊指揮官ヘンリー・ハーウッド代将に厳命していたのである。

可能行動のみならず、可能と思われない行動を選択してでも、〈グラフ・シュペー〉のブラジル行きを食い止めよと。

増援艦隊はすでに派遣した。その到着までなにがなんでも戦線を維持せよと……。

＊

通信機器が生き残っている〈アキリーズ〉はG部隊の遠距離通信全般を担当しており、チャーチルからの命令も受信していた。

当然、ペアリー艦長も内容は承知していたが、信じてはいなかった。しょせんは戦線後方の指導者が発したリップサービスにすぎない。たとえ援軍が到来したとしても、〈グラフ・シュペー〉に翻弄《ほんろう》されて終わりだろう。

周辺海域の全艦隊は急行しつつあるが、その大半はG部隊同様、巡洋艦を柱に編成されたものである。到着しても苦戦は必至だ。

「結局、逆転の発想で設計されたポケット戦艦に我らは振り回された。それだけの話か……」

望みを絶たれたペアリー艦長の独白に、ウィッシュボーン砲術長が続いた。

「二八・三センチの主砲で重巡以下の軍艦を蹴散らし、二六ノットという健脚で戦艦からは逃走を図る。文字どおりコロンブスの卵でしたね。

増隊艦隊で勝機があるとすれば〈レナウン〉だけです。あの巡洋戦艦《バトルクルーザー》が来てくれれば、戦況は一変するのですが」

無茶な相談だった。

空母〈アークロイヤル〉とK部隊を構成する〈レナウン〉は、連装三基六門の三八・一センチ砲を持ち、最大速力二九ノットで突っ走れるが、現在はブラジルのペルナンブコ州沖合にある。戦場到着に三日はかかる。

「ポケット戦艦退治に最適とされている数少ない巡洋戦艦が遊兵となってしまった。我らには、もう打つべき手がない。結局、ヒトラーの海軍戦略にしてやられたわけだ」

自嘲《じちょう》気味に呟《つぶや》くペアリーであったが、突如として飛び込んできた見張りの絶叫に、艦長の表情は一気に引き締まるのだった。

「正体不明の大型艦を発見！　二時の方向、距離三万九〇〇〇！　高速で南下しつつあり！」

震える手で双眼鏡を向ける。

いた。アイピースの視野に黒い影が潜んでいる。

その直後、紅蓮《ぐれん》の炎が走った。不意に出現した巨艦は轟然《ごうぜん》と主砲を発射したのだ。

幸いにも標的は〈アキリーズ〉ではない。砲撃角度から判断して〈グラフ・シュペー〉を狙っているのは確実だ。

「主砲は五基。かなりの確率で連装砲塔。まさかあのフネは……」

ウィッシュボーン砲術長が生唾《なまつば》を呑み込んで発した台詞に、ペアリー艦長は応じた。

「うむ。日本製の戦艦だな。ただし、我がイギリス海軍が競り落とした〈マジェスティック〉でも〈ブラック・プリンセス〉でもない。あれは同盟国フランスが保有するフネに違いあるまい」

3　独仏砲撃戦

――同日、午後六時一三分

新参者の乱入は装甲艦〈グラフ・シュペー〉でも把握できていた。

対艦レーダーは相変わらず不調だったが、世界最高峰の光学機器を覗き込む熟練の見張り員たちは迫り来る脅威対象をキャッチしていた。

巨艦見ゆという最悪の一報に、ラングスドルフ艦長は厳しい声で命じるのだった。

「九〇度回頭。進路西へ。機関最大。ブラジルの領海に全速で退避せよ」

英仏いずれかの戦艦であろう。〈グラフ・シュペー〉は現状で二三ノットしか出せないが、相手は鈍重だ。針路さえ選べば、間合いを詰められることはない。

そんなラングスドルフの期待は、続報によって盛大に裏切られた。

「敵戦艦増速、おそらくは三〇ノット超。逃げ切れません！」

これはまずい。相手はフランス戦艦の〈ダンケルク〉か〈ストラスブール〉だ。

最大で三一ノットを発揮でき、四連装の三三センチ砲を二基備えるその姉妹艦は、ポケット戦艦の天敵であった。基準排水量は二万六五〇〇トンと小ぶりながら、脚力は最初から勝負にならず、火力でも劣っている。

圧倒的に不利な状況下だが、ラングスドルフは絶望しなかった。

〈相手は二万六五〇〇トンの小型戦艦だ。上手に立ち回れば歯の立たない相手ではない。三三センチ砲は射程こそ長いが、威力はそこそこ。一撃で命脈を断たれることもあるまいよ〉

頭蓋《ずがい》で希望の要素を列挙して不安を打ち消そうとした艦長だったが、その試みはまたしても残酷な現実に打ち砕かれるのだった。

「敵発砲！　繰り返す。敵戦艦に発射反応！」

すかさずツァイス製の双眼鏡を眼窩《がんか》に押し当てると、想定外の光景が展開していた。敵艦の艦首だけでなく、艦尾からも火炎が飛び出しているではないか。

「副長、ダンケルク型の主砲配置は？」

カイ副長が震える声で応じた。

「前甲板に四連装砲塔を二基装備。艦尾に主砲は一門もありません」

ラングスドルフは外洋に舵を取った己の決断を呪いつつ、こう告げるのだった。

「やられた。あれは日本人が建造し、フランスが落札した〈エトランジェ〉だ」

その十数秒後、〈グラフ・シュペー〉の艦尾近くには一〇本の水柱が屹立したのだった……。

＊

「隊司令！　初弾の射撃結果、判明しました。全弾近弾です。ただちに修正値に基づき全門射撃を継続します！」

きびきびとした声で報告したのは、艦長のルイ・R・エドモンド・ル・パパーン大佐であった。現在五二歳の彼は、輸入戦艦の威力を最大限に発揮させるべく闘志を燃やしていた。


「待ちたまえ。夾叉《きょうさ》が得られなかった以上、斉射を続けるのは弾の無駄だ。第二射からは交互一斉撃ち方に変更せよ」

水を差すかのように言ったのは、Z部隊司令のジャック・F・エマヌエル・ボーザン少将だった。

ル・パパーン艦長は不服そうな様子だ。

「お言葉ですが、納品に居合わせた技師の話では、四一センチ連装砲塔は一斉発射でも砲弾の干渉は小さいとのことです。ならば、一発でも多く撃ち込んだほうが命中率はあがりましょう」

「日本人《ジャポネ》のセールストークなど真に受けるものではないぞ。連中は物真似は上手だが、創造の精神に乏しいのだから」

現実を堅実に見通す隊司令はこう続けた。

「必要なのは一〇本の水柱ではない。一本の火柱だ。そのためには観測射撃の精度を高めるのが最善。我らにはナポレオン以来、砲術に関しては一家言ある。

ここは伝統に従おう。効力射が見込めるまで左砲と右砲を交互に使うように」

敵艦にめぐり逢えた僥倖《ぎょうこう》を神に感謝しつつも、ボーザン提督は不満を抱いていた。できることであれば、生粋のフランス製の軍艦でナチを叩きたかったと。

フランス海軍はポケット戦艦追跡作戦に、まず戦艦〈ストラスブール〉と重巡〈アルジェリー〉で編成されたY部隊を出撃させていたが、イギリス海相チャーチルの要望により、さらにZ部隊を増派していた。

その旗艦を務めていたのが〈エトランジェ〉だ。異邦人《エトランジェ》という奇妙な名だが、東洋から来仏した戦艦には似つかわしいものであった……。

日本戦艦〈愛宕〉——それが〈エトランジェ〉の前身である。

神戸の川崎造船所で一九二七年（昭和二年）に完成した〈愛宕〉は天城型巡洋戦艦の四番艦だ。八八艦隊の系譜としては長門型、加賀型戦艦に続くシリーズであり、四一センチ砲一〇門を保有する強力な水上艦であった。

砲撃力は文句なしにフランス海軍随一である。急ピッチで建造中の新鋭艦リシュリュー型でさえ三八センチ砲を八門装備しているだけなのだ。

最大速力も三〇・二ノットと速く、しかも一六ノットで八二〇〇浬《かいり》を航行できる。

当初は地中海における運用が主眼であり、イタリア海軍に対する切り札であったが、大西洋でも充分に存在意義を披露できていた。

売却後にフランス本国にて改装が行われ、機関は重油燃焼缶に交換されていた。また、一〇センチ連装高角砲を八基装備するなど対空兵器の強化も実施されている。

外見上は導入時から大きな差異はない。特徴ある七脚檣楼と集合煙突もそのままだ。特筆すべき新兵器などない。特にレーダー関連の装備は皆無だった。

フランス海軍は電波探信儀を、まだ重要視していなかったのである。サディ型対空レーダーが完成間近だったが、当然ながら〈エトランジェ〉には未搭載だった。

そのため外見はいささか古めかしくも見える。考えてみれば基礎設計は二〇年近く前なのだから、仕方のない話ではある。

だが、見映えを気にする者はどこにでもいた。〈エトランジェ〉に将旗を掲げるボーザン提督もそのひとりであった。

座乗する日本製軍艦の実力は評価しながらも、彼はそのスタイルに辟易《へきえき》していたのだ。

第二射および第三射はすべて遠弾であった。

ポケット戦艦の彼方に薄汚い水柱が立ちのぼり、すぐ引力に敗れて落下してくる。測距と弾着観測がうまくいっていない証拠だ。

「艦長、本艦は悪役を思わせる外貌《がいぼう》だ。ならば、せめて悪役に似つかわしい破壊を演出してはどうかね。命中弾なしでは納税者を納得させることはできんぞ」

ボーザンの皮肉にル・パパーン艦長は早口で言い返す。

「開戦も出撃も急すぎたため、砲撃訓練が不充分なのです。ここは二万メートル以下まで間合いを詰め、精度を高めるべきと判断します」

「それでは〈グラフ・シュペー〉の反撃を頂戴するではないか。我らはポケット戦艦の射程外から攻撃を続け、一方的な勝利を手にするのだ」

この時、〈エトランジェ〉は距離三万一五〇〇で砲撃を敢行していた。英語でいう〝アウトレンジ戦法〟に徹し、被害ゼロで戦果を独占するのが狙いだ。

しかしながらボーザンは忘却していた。勝利の女神は臆病者に冷淡であることを。

「ドイツ艦に発砲炎あり！」

戦艦〈エトランジェ〉は思わぬ逆襲を食らった。逃走中の〈グラフ・シュペー〉が艦尾の砲塔で反撃を試みたのだ。

ボーザンは部下に余裕を示すべく澄ました声で言い放つ。

「たかが二八センチ砲が、この距離で当たるものか。届くものか……」

傲慢《ごうまん》への請求書は砲弾と一緒に叩きつけられた。〈グラフ・シュペー〉の放った三発の砲弾のうち、一発が〈エトランジェ〉第五砲塔の脇に命中したのだ。

「艦尾被弾！　火災発生！」

＊

装甲艦〈グラフ・シュペー〉が搭載する二八・三センチ砲は、列強が保有する同口径の艦砲では最強かつ最高の砲熕《ほうこう》兵器であった。

その射程距離は実に三万六〇〇〇メートル超である。戦艦に搭載される三六センチ砲や四〇センチ砲と同程度か、それ以上だ。

五二口径という常識外の砲身長を採用し、初速を毎秒九一〇メートルにまで引き上げることで、信じ難い長射程《ロングレンジ》を実現していた。

もっともこれは単に弾が届くだけであり、命中するか否かは別問題だ。常識で考えれば彼我《ひが》の距離が二万メートルを切らなければ、二八センチ砲で直撃弾は得られない。

しかし、戦場では常識外のことが起こる。この場面でも、また然り。〈グラフ・シュペー〉は距離三万から初弾を命中させるという離れ技をやってのけたのだ。

日本製のフランス戦艦に炸裂する紅蓮の炎を凝視しつつ、ラングスドルフ艦長は言った。

「砲術員、ご苦労。本艦がブラジル領海に退避した暁《あかつき》には褒美《ほうび》を出すぞ。半年後の有給休暇だ。全員をトーキョー・オリンピックに招待してやろう」

生真面目な調子でカイ副長が言った。

「砲員は今朝がた英重巡〈エクセター〉を撃破し、自信を深めております。やはり実戦こそが最高の訓練というわけでしょう」

頷くラングスドルフであったが、それが勝利に直結しない泡沫《うたかた》の夢であることは承知していた。

相手は重装甲の戦艦なのだ。二八センチ砲弾ではひっかき傷を与えるのが関の山であろう。現に相手は直撃弾など意に介せぬ様子で、猛然と撃ち返してきた。

やがて〈グラフ・シュペー〉の両舷に、海水の束が二本ずつ湧き起こった。

夾叉されたのだ。このままでは確率的に命中弾が生じる。

装甲艦と銘打たれているが、装甲値は水線八〇ミリ、甲板四八ミリと物足りない数字だ。四一センチ砲弾に殴られれば、ひとたまりもない。

回頭を命じたラングスドルフは損害を覚悟しつつ、軍神に祈るのだった。〈グラフ・シュペー〉はともかく、かけがえのない技量を持つにいたった乗組員だけは召さないでほしいと。

宿望が天に聞き入れられたかは不明だが、斉射に切り替えた〈エトランジェ〉の次弾が直撃することはなかった。八本の水柱が艦尾付近の海面をわななかせ、至近弾となった。

だが、これが想定外の損害をもたらした。水中爆発の破壊力は凄まじく、基準排水量一万二一〇〇トンの〈グラフ・シュペー〉は尻を蹴り上げられ、全艦に縦振動が走った。

衝撃のレベルが重巡のものとは一桁違う。ラングスドルフはそう直感した。

「喫水線下をやられたかもしれない。すぐ浸水の有無を調べろ」

カイ副長が状況を見定めるべく、ブリッジを飛び出して行った。一分も経過しないうちに、伝声管から報告がもたらされる。

『こちら操舵室、舵をやられました。まだ稼働はしますが、動きが非常に鈍いです。本来の性能は発揮できそうにありません！』

主舵が曲がるか折れるかしたようだ。ラングスドルフはそう判断した。これで回避運動は難しくなった。直撃弾を覚悟せねばなるまい。

予想は的中した。仏戦艦の次弾は、的確に〈グラフ・シュペー〉の艦首を捉えたのだ。

A《アントン》砲塔の前に降り注いできた〈エトランジェ〉の四一センチ砲弾は、手薄な装甲をいとも簡単に食い破り、艦内で死の歌を唄った。

破壊エネルギーは艦の舳先《へさき》を切断するには充分

すぎた。檣楼は大地震のように揺れ、ラングスドルフも海図盤で腰を強打した。

激痛に耐えながら視線を艦首に向ける。そこに男性的な舳先はなかった。腐って裂けたバナナを連想させる鉄塊があるのみだった。

「速度を落とせ。このままだと水圧で隔壁が次々に破られるぞ！」

足並みを緩めれば集中打を浴びようが、このままでは自沈に邁進するだけだ。

大西洋とインド洋で神出鬼没の通商破壊戦を展開した〈グラフ・シュペー〉の命運は、いまや尽きようとしていた。ラングスドルフは総員退去命令をどのタイミングで発すべきかを考えあぐねていた。

「航海長、隠れた友邦ブラジルの領海まで残りどのくらいだ？」

ワッテンベルク中佐は焦《あせ》りの表情を濃くしてから言った。

「あと三浬前後でしょう。ご覧ください。南米大陸が手を伸ばせばそこに……」

夕暮の朱色に染まる緑の大地がそこにあった。疎ましい現実にラングスドルフの顔が歪《ゆが》む。

本当にあと一歩だったのだ。航海長は三浬と言ったが、現状ではそれは三光年にも等しい。

唯一の希望は、艦がすでに遠浅の海域に達していることだ。水泳が達者な者であれば、なんとか沿岸まで泳ぎ着けるだろう。

ラングスドルフが総員退去の命令を舌に乗せようとした瞬間であった。状況を変貌させる報告が寄せられたのである。

「敵戦艦が変針しました。針路真北。砲撃も停止した模様！」

西に沈んだ太陽が再び昇ってきたかのような、違和感にまみれた報告だった。もしそれが本当だとすれば、フランス戦艦は戦線放棄にも等しい愚行に走ったことになる。もはや本艦など相手をする価値もなしと判断したのか？

ラングスドルフのそうした思惑は続報によって完全否定された。

「未確認の艦影を発見。大型艦らしい。一時方向、距離二万九〇〇〇！」

生存への冀望《きぼう》が込められた目線が対象へと注がれた。

あった。オレンジに彩られた海岸の一角に褐色の染みが確認できる。

ワッテンベルク航海長が興奮した口調で語る。

「艦長、あのフネがブラジルの領海から出現したことは疑う余地もありません。つまり……」

「間違いなかろう。あれはブラジル戦艦〈アマゾナス〉だ！」

4　陸奥と愛宕

――同日、午後六時四五分

「フランス戦艦のブリッジに明滅信号！　本艦の所属と艦名を教えろと言っています！」

巨艦を指揮するダヴィ・C・メディロス大佐は野太い声で言った。

「教えてやるがよい。我はブラジル海軍第一艦隊旗艦〈アマゾナス〉なり。なお旧艦名は日本戦艦の〈陸奥〉である！」

艦長に就任して二年になるメディロス大佐は、なおも強気に言い放つ。

「こちらからも通達せよ。貴艦はあと数分で我が領海に侵入する。ただちに針路を変えられたし。さもなければブラジルへの敵対行動とみなし、実力を行使せん！」

航海艦橋の一角から女性的とも思える軟らかな声が響いた。

「メディロス艦長、過度な刺激はよろしくあるまいぞ。私はブラジル国民を代表する者として流血を望まない。

あのフネには帰ってもらえば、それでいい。仏領ギアナに行くならば邪魔立てはしないと伝えよ。傷ついた友邦ドイツのポケット戦艦を迎え入れるのが最優先だからな」

そう言ったのはプリニオ・サルガードであった。文筆家、革命家、政治家と多くの肩書きを持つ彼は、インテグラリスタ党の代表としてブラジル大統領の座を勝ち取り、南米の大国を切り盛りしていた。

今回は辺境視察の名目でリオグランデ軍港まで出向き、そこで自慢の戦艦〈アマゾナス〉に一泊したあと、訓練航海に同乗していたのである。

面倒すぎる相手がそばにいる現実を厭《いと》いながらも、メディロス艦長は大統領に迎合した。

「了解であります。陣頭指揮を執られる勇敢な大統領閣下に誰が異議を唱えられましょう。本職はただ服従するのみであります」

サルガードも満足げに続けた。

「私は選挙という戦いに勝利し、政権を握った闘士である。常に最前線に身を置くのは当たり前のことだが、大佐のような理解力ある男にこのフネを任せたのは正解であった。それでこそ栄《は》える〈アマゾナス〉の艦長だ」

政治家の自己申告は割り引いて受け取る必要が

ある。この男の場合もそうだ。

サルガードがリオグランデ市に出向いたのは、そこの支持基盤が弱く、来年の総選挙で公認候補の当選が危ぶまれていたためであった。

反インテグラリスタ派の動きも活発化しており、テロ活動の噂も根強かった。現地ホテルに滞在する予定が急遽《きゅうきょ》〈アマゾナス〉での宿泊になったのも、現状で安全の確保ができないと現地警察が泣きついてきたからだ。

メディロス艦長もそれは承知していた。つまり、〈アマゾナス〉に乗る一四七四名の乗組員が護衛となり、大統領を守るわけだ。

皮肉なのは、安全を求めてサルガード大統領が乗艦した翌日、〈アマゾナス〉が戦乱の崖っぷちに直面した現実であった。

この状況でも脅えた素振りを見せず、大人物たる風格を示している大統領に向かい、艦長は一定の敬意を表した。

「国民から〝ブラジルの誇り〟と敬われている〈アマゾナス〉を預かる身としては、恐悦至極なお言葉であります。本艦の存在そのものが武器であり、威圧となりましょう」

艦長の台詞は必ずしも自惚《うぬぼ》れではなかった。

戦艦〈アマゾナス〉は南米大陸で最強であり、北米大陸を含めても五指に入る水上戦闘艦だ。

その前身は〈陸奥〉である。日本海軍に残留している〈長門〉の実妹であり、外国に売却された八八艦隊のなかでは最初の一隻であった。

全長二一五・八メートル、基準排水量三万二七二〇トン、最大速力二六・七ノット。

主砲として四一センチ連装砲塔四基八門、副砲は一四センチ単装砲が二〇門。完成して一九年になる中堅ながら、砲力はまだ衰えていない。これは設計思想が一歩先を進んでいた証拠だ。

あえて弱点を探すとすれば足回りだろう。〈アマゾナス〉の機関は重油と石炭の混合缶であり、いかにも旧態依然としている。

同型艦である〈長門〉は艦容を一変させる派手な改装を成功させており、煙突も一本にまとめられていたが、〈アマゾナス〉は湾曲型と直立型の二本が聳《そび》えたままだ。

独特の黒煙も相まって、見る者が見れば、まだ石炭を焚《た》いていると露見してしまうこと受け合いであった。

近代の戦艦は重油専用缶が世界標準となりつつある。出力や燃費で有利なだけでなく、積み込みに人力をあまり必要とせず、出撃までの時間が大幅に短縮できるのが強みだ。


改造案も浮上していたのだが、機関の刷新にはフネを半分解体せねばならず、作業完了まで三年はかかる。唯一の近代戦艦のバケーションにしてはあまりにも長すぎる。

もともと〈アマゾナス〉には海防艦に近い役割が求められていた。

つまり、機動力よりも存在感で勝負する軍艦だ。仮想敵国のチリやアルゼンチンに対抗できる巨艦はないが、国防の空白期間となりかねない大改装は今まで見送られてきたのである。

与えられた戦艦の現状を知るメディロスは、大統領に懇願するのだった。

「しかしながら本艦は改造のタイミングを逃し、老朽化している一面も否定できません。凱旋《がいせん》の暁には、近代化工事のためにお力添えを……」

「心配無用だ。資金はアメリカからもらい、技術はドイツからもらう段取りがついている。我らは両国の間を振り子のように行き来し、掠《かす》め取れるものをすべて頂戴するのだ。

特に合衆国からは経済支援を引き出さねばならないだろう。日本が〈アマゾナス〉の改造に協力したいと申し出てくれた時、彼らは露骨に圧力をかけ、それを放棄させたのだから。

いずれにせよ、我らは勝ち馬にのみ乗る。今はドイツに媚《こび》を売るのが正解だからそうしているが、戦況しだいでは寝返りの美学を示してやろう。

戦勝国となれば賠償金で経済も潤う。ブラジルは経済大国に発展し、ゆくゆくはオリンピックも誘致できるだろう。アジア初がトーキョーなら、南米初はリオデジャネイロであるべきだ」

サルガードのそうした願望が現実になるには、二一世紀を待たねばならなかったが、神ならぬ大統領にそれを見通す力などなかった。

「ところで、フランス戦艦からの返電はまだかね。沈黙のうちに夜陰に溶けてくれるのであればそれでもよいが、時間の浪費は我が望みではないぞ。もういちど信号を発してはどうかね」

大統領の命令を艦長が遂行しようとした直前である。それまで沈黙を保っていたフランス戦艦に動きがあった。

穏やかなものではない。悪意と敵意を剥き出しにした自己主張であった。

「敵艦発砲！　攻撃を再開しました！」

首を傾げたくなる報告に、サルガード大統領はこう吐き捨てるのだった。

「なんと未練がましいやつだ。まだポケット戦艦への砲撃を諦めないとは。艦長、威嚇射撃の許可を与える。あのフランス人の目を醒ましてやれ」

しかし、メディロス大佐は冷淡な声音《こわね》でそれに反応するのだった。

「大統領閣下、どうやら威嚇ではなく実弾射撃の命令を頂戴せねばならぬようであります。敵艦の砲門は明らかに我々を指向しております!」

それから数十秒後、〈アマゾナス〉は複数の水柱に四方を囲まれたのであった……。

＊

「ブラジル戦艦への砲撃成果判明。夾叉を認めるも直撃弾はありません」

戦艦〈エトランジェ〉のブリッジに届けられた観測報告に、ボーザン少将は鬼の形相で、

「一撃で仕留めろと命じたはずだぞ!」

と怒鳴ったが、怒気《どき》に命中確率を上げる効果はない。ル・パパーン艦長もそれは承知していたが、ここは上官に合わせて叫ぶ。

「距離一万六〇〇〇で命中弾を出せないのは大恥だぞ。次で当てなければ、砲術員は帰国後に地上勤務へと転属だ!」

大声を張りあげなければ正気を保てそうになかった。ボーザン少将の指示とはいえ、現場の判断でブラジルと戦闘状態に突入したのだから。

これが公《おおやけ》になれば、もうポケット戦艦どころの騒ぎではない。

英仏はドイツに加え、ブラジルとも戦火を交えなければならなくなる。もし南米大陸における大西洋岸の大部分がUボート基地となれば、イギリスは日干しになるだろう。

砲撃を命じたのはボーザン少将だった。しかし彼も激情に身を任せただけではない。その裏には冷徹な計算があった。

窮地と呼ぶべき現状の中にも立身出世の野望を成就させる芽はあった。これはブラジル海軍の息の根を止める好機でもあるのだ。

なにしろ彼らが保有するまともな軍艦は〈アマゾナス〉だけなのだから。

「ここでやつを沈めれば、ブラジルは戦う手段を全損したも同じ。そうなれば参戦など夢物語となる。強情を張るのであれば、艦砲射撃で都市群を火の海にすると脅かしてやればいい。

フランスとブラジルの戦争は今夕始まり、今夜に終わる。いや、終わらせるのだ！」

独善的なボーザンの号令が響いたが、相手もまた黙って殴られる輩ではなかった。

「敵艦発砲！　標的は本艦の模様！」

堂々と反撃の狼煙《のろし》をあげた〈アマゾナス〉に向かい、ボーザンは偏見を隠そうともせず叫んだ。

「未開人めが。おとなしくコーヒー豆だけ煎っておればよかろうに！」

かつて〈愛宕〉であった〈エトランジェ〉と〈陸奥〉であった〈アマゾナス〉の殴り合いは、現地時間の午後七時五分にそのゴングが打ち鳴らされた。

公表されているカタログデータからは、フランス戦艦〈エトランジェ〉が有利だと読み解ける。

主砲はまったく同じ四五口径三年式四一センチ連装砲塔だが、〈アマゾナス〉が四基八門であるのに対し、〈エトランジェ〉は五基一〇門だ。

また、防御力でも〈エトランジェ〉がやや優勢とされていた。

巡洋戦艦に分類されているとおり、〈エトランジェ〉の装甲値は控えめだ。舷側水線の装甲鈑は二五四ミリ。これは〈アマゾナス〉の三〇五ミリよりも薄い。ただし、一五度の傾斜角をつけて組み込まれており、耐久力に差はないとされていた。

むしろフランスで独自の補強工事を終え、難燃性の塗料で塗り替えられた〈エトランジェ〉のほうが被弾時に強みを発揮できるだろう。

巡洋戦艦の理想型はイギリス海軍の〈フッド〉とされているが、今回の海戦しだいでは王座の剥奪もありうる。そのはずだった。

だが、しかし――。

勝負は下駄をはくまでわからないものである。フランス対ブラジルという巨艦対決は、端緒から意外な方向へと転がり始めていた。

先制攻撃に踏み切った〈エトランジェ〉だが、第三斉射にいたるも命中弾を得られなかった。

敵艦が海岸線を背景にしていた不利はあったとしても、相対距離一万七〇〇〇でこの結果では、とても合格点は与えられない。

最大の要因は手数が減っていたことであろう。

この時、〈エトランジェ〉は〈グラフ・シュペー〉の砲撃で第五砲塔が旋回不能となっており、四基八門での射撃になっていた。門数のアドバンテージは激突前に失われていたのである。

フランス戦艦がもたもたしている間に、ブラジル戦艦は着実に成果をあげた。〈アマゾナス〉は第二斉射で直撃弾一を与えたのだ。

かつて〈陸奥〉と名乗っていた艦が撃ち出した一撃は〈愛宕〉であった艦の中央にて炸裂し、禍々《まがまが》しい火花を散らした。

重要防御区画《ヴァイタルパート》の中央部であったため、〈エトランジェ〉は突き刺さった徹甲弾の破壊力にかろうじて耐えきった。近距離から放たれた一発は自慢の水平装甲で弾き飛ばされたのだ。

もちろん、無傷ではいられない。衝撃で右舷の一四センチ副砲が二門使用不能となり、大型集合煙突の後ろでは火災が発生し、後檣の探照灯は粉々に砕け散った。

なおも〈アマゾナス〉は連打を浴びせ、それから八分間の射撃で、さらに三発の命中弾を得た。これは砲術員の技量が著しく向上していた事実を表していよう。ブラジル海軍最強の戦艦には、最良の腕前を誇る軍人が乗り組んでいたのだ。

彼らを鍛え上げたのは大日本帝国海軍より派遣された専門家であった。技術指南の目的で〈アマゾナス〉を定期的に訪れていた砲術士官たちは、主砲を扱うコツを叩き込んでいたのである。

直接の軍事支援はアメリカの外圧によって阻害されていたが、人的交流は細々ながらも行われていた。

良きコーチは良き選手を生む。帝国海軍はかの東郷《とうごう》平八郎《へいはちろう》元帥の後継者なのだ。その謦咳《けいがい》に接した者の直伝ともなれば、実技が巧みになって当然であろう。

また〈アマゾナス〉には新兵器も搭載されていた。ドイツから提供を受けたFuMO22型レーダーである。装甲艦〈グラフ・シュペー〉が保有するそれと同一だが、相手が巨艦であるため確実に敵影と水柱をキャッチし、弾着観測に一役買っていた。

痛打される条件が整っていた〈エトランジェ〉は、当然のように大打撃を食らった。

艦首側の第二砲塔側面に命中した一発で、砲身は飴細工のようにねじ曲がり、またしても一基が射撃不可となった。艦尾にぶち当たった二発は舷側を破砕し、大量の海水流入を招いた。

被弾が右舷に固まったのが痛かった。〈エトランジェ〉は早くも傾斜を始め、速度も二一ノットまで落ちた。

ただし、フランス戦艦も黙ってやられていたわけではない。破損する過程において反撃を強行し、ブラジル戦艦に代償を支払わせていた。

命中弾は二発だ。いずれも〈アマゾナス〉の中央部にて炸裂し、オレンジ色の火炎を天高く巻き上げた。

被害は煙突に集中した。〈陸奥〉であった頃から〈アマゾナス〉には二本の排煙設備が備わっていたが、敵弾はその両者を薙《な》ぎ倒してしまった。

特徴のある湾曲煙突が跡形もなく四散し、後方の第二煙突も根元から両断され、横倒しになった。

また衝撃で電気系統がやられ、自慢の対水上レーダーも稼働しなくなった。

主砲は四基とも無事だが、煙突の残骸から煤煙が四方八方に流れて視界を覆った。空は晴れているが、日没と同時に急激に暗くなり、標的の捕捉が困難になってきた。

同じ遺伝子を持つ二隻の巨竜は、互いに致命傷を与えることなく、徐々に距離をとりつつあった。

勝負は痛み分けに終わるかと思われた。

だが……まさにその時であった。

脇役に追いやられていた小型艦が、本領を発揮すべく突進してきたのだ。

5　軍艦連鎖反応

——同日、午後七時五五分

ニュージーランド海軍の軽巡〈アキリーズ〉には、対戦艦用の切り札が装備されていた。

四連装の五三・三センチ魚雷発射管である。

アメリカは水雷戦術にさっさと見切りをつけ、巡洋艦から魚雷を撤廃していたが、イギリス海軍はまだ有効性を認めており、基本装備から外そうとはしなかった。

この場面ではその未練が生きた。〈アキリーズ〉は仏伯の戦艦が殴り合いに夢中になった間隙《かんげき》を突き、接近に成功していたのだ。

ペアリー艦長が怒号を発する。

「友邦フランスの艦艇を攻撃した以上、奴は本艦にとっても敵である。たとえ勝てない相手でも、売られた喧嘩を買わなければ続く者がいなくなるのだ。

これより大英連邦の旗を掲げる軍艦は、ブラジル海軍と戦闘状態に突入する。〈アマゾナス〉に鉄槌《てっつい》を下してやれ！」


彼我の距離は早くも七五〇〇メートルにまで詰まっていた。喫水線下を食い破る魚雷の発射準備は、もう完了している。

水雷長は右舷の魚雷発射管に張りついていたため、砲術長のウィッシュボーン大尉がブリッジから指示を伝えた。

「水雷長、全門発射してください。現場の判断ですが、ニュージーランドはブラジルに宣戦を布告します。これは艦長命令です！」

返事の代わりに圧搾《あっさく》空気が弾ける甲高いノイズが流れた。黒光りする対艦魚雷が海中に滑り込んでいく。

その数は四本。一発でも当たれば戦艦でも大打撃は逃れられまい。

そして、〈アキリーズ〉の一撃は戦争の趨勢すら変える決定的な要素となるのだが、ペアリー艦長たちがそれを知ることは永遠になかった。

　雷撃直後に〈アキリーズ〉は〈アマゾナス〉に捕捉され、副砲のつるべ撃ちを食らったのだ。

　一四センチ砲弾であれば〈アキリーズ〉にもなんとか耐えきれるはずだが、着弾点が考えられる限り最悪の場所だった。

　左舷の四連装発射管だ。そこに装填されたままの魚雷が誘爆し、砕け散ったのだ。

　基準排水量七一七五トンの軽巡はこの爆発に耐えきれなかった。船体はひしゃげ、捩《ね》じ切られ、大西洋に引きずり込まれていった。

　生存者は四二名。そのなかに将校はひとりもいなかった……。

＊

「敵軽巡、爆発炎上！」

　捷報《しょうほう》が〈アマゾナス〉のブリッジに流れたが、メディロス艦長は喜びを顔に出さなかった。

「副砲塔群、ご苦労！　ただし安堵するのは早い。このままコースターンを続行するのだ。負傷者数の報告はまだか！」

　艦中央部への被弾で煙突が二本とも爆破されてしまった。火災も鎮火の目途さえつかない。死傷者はかなりの数を覚悟しなければなるまい。

　艦長は思った。遠戚であるエルサとその優秀な同僚が乗艦していたならば、多くの水兵を助けられるに違いないと。

　エルサ・メディロスは腕のたつ女性従軍看護婦として、ブラジルでは有名人になりつつあった。ただし彼女は陸軍所属であり、〈アマゾナス〉に乗る理由はなにひとつなかったのだが。

　苛立ちが言葉の端々に感じられる艦長に向かい、

サルガード大統領はこう告げた。

「少し落ち着いたらどうかね。本艦は見事にフランス戦艦を撃退し、軽巡も屠《ほふ》った。ありがたくもリオグランデの沖合でな。

これで反体制派の連中も勢いを失い、私の支持率も上昇が見込めるというものだ」

「大統領、喜ぶのは帰港してからにすべきです。煤煙で視認が遅れましたが、あの軽巡が撃沈前に雷撃を強行していたとすれば面倒なことに……」

悪しき予感ほど的中するものである。

数秒後のことだ。桁違いの衝撃が〈アマゾナス〉の全艦を襲ったのだった。

「艦尾に着弾！　敵の魚雷ですッ！」

それは〈アキリーズ〉の置き土産だった。四発の五三・三センチ対艦魚雷のうち一本が殿《しんがり》に突き刺さり、スクリューを破壊したのだ。


四軸推進のうち左の二軸が切断され、また主舵も不調となった。破砕口から凄まじいレベルの浸水も始まった。

こうして〈アマゾナス〉は半身不随となり、大きく弧を描きつつ、沿岸へと二ノットで突進していった。

メディロス艦長は伝声管に叫ぶ。

「総員、なにかにつかまれ！　本艦は数秒後に座礁するぞ！」

＊

フランス戦艦を撃退した〈アマゾナス〉の艦尾に水柱があがる決定的瞬間――。

それを間近で目撃した軍人たちがいた。装甲艦〈グラフ・シュペー〉の艦橋配置員である。

大破したブラジル戦艦は、泥酔者のような覚束《おぼつか》ない足取りで進み、そのまま座礁して停止してしまった。まるで巨鯨が海岸線に打ち上げられたかのようだ。

戦勝から敗北へ逆転する場面を目の当たりにしたラングスドルフ艦長は、絶望的な声で訊ねるのだった。

「航海長、本艦は操舵不能であり、直進しかできない。修理の見込みもないのだったね」

ワッテンベルク中佐が悲痛な表情のまま、

「そのとおりです。これ以上浸水が酷《ひど》くなれば転覆の危険性もあります。沈没を免れるには座礁するしかありません。現在の七ノットを維持したまま、遠浅の海岸に乗り上げ……」

そこまで言うや、航海長の表情が凝固した。彼もまた最悪の可能性に気づいたのだ。

「しかし……本艦の進行方向には……」

「そうだ。〈アマゾナス〉がいる。我らは戦神の御加護を失ったらしい」

中世の騎士を連想させる顔つきで、ラングスドルフ艦長は最後の命令を下すのだった。

「総員退去。全員任務放棄。俺はキングス弁を開けてくる。自沈が間に合えばいいが」

*

座礁の衝撃で〈アマゾナス〉の前檣楼は揺れに揺れ、サルガード大統領とメディロス艦長は二人とも床に投げ出された。

「各部損傷を報告。まずは消火を第一とせよ」

それだけを伝声管に怒鳴ったメディロス艦長は、地獄が口を開けて待ち構えている状況を目の当たりにし、慄然《りつぜん》とするのだった。

「ドイツ装甲艦が接近中！　このままでは衝突し

ます！」

見張りからの急報は事実を裏書きするものであった。ポケット戦艦〈グラフ・シュペー〉は艦首が砕けており、操艦もままならぬ様子だ。

「まだ本艦を認識していない恐れがある。探照灯照射だ。使えるものは全部使え」

艦長命令により、生き残りのサーチライトが光輝を放ち、接近中のドイツ艦を照らし出した。

そのマストには〝我を避けよ〟を意味する国際信号旗を掲げられている。それは悪い冗談でしかなかった。〈アマゾナス〉は微動だにできないのだから。

サルガード大統領が震える声で命じた。

「艦長、大統領として指示するぞ。あのポケット戦艦を実力で排除したまえ」

「それは……ドイツとの関係を危くする決断なのではありませんか」

常識論は非常識な現実に対応できない。メディロス艦長はそれを思い知らされたのだった。

「ドイツとブラジルは運命共同体ではない。友邦と共倒れするくらいであれば、蹴倒してでも生存の道を歩むべきだ。主砲発射を命じたまえ」

幸か不幸か、まだ主砲は四基とも無事だった。俯角《ふかく》をとれば射撃も可能だ。公称一万トンの軍艦など四一センチ砲の敵ではない。

メディロス艦長は様々な感情を呑み込み、こう命じたのだった。

「全砲門開け。砲撃開始。目標、ポケット戦艦！」

リオグランデ沖海戦は〈グラフ・シュペー〉の沈没をもってその幕が強制的に閉じられた。

座礁中の〈アマゾナス〉まで距離九〇〇メートルに迫っていた〈グラフ・シュペー〉は、六発の命中弾を浴び、粉々に爆砕して果てたのだった。

　勝者と敗者の区別さえ曖昧《あいまい》なまま終始した海戦であったが、〈アマゾナス〉が最後に放った砲火はあまりに高価なものについた。

　ドイツを統《す》べるヒトラー総統は公然とブラジルへの批判を開始し、ヨーロッパ状勢は混沌の度合を増していくのだった。

　その霧が晴れるのは年明けのこととなる。

　欧州大戦のパワーバランスに一石を投じた戦いが海戦ならば、その趨勢が決したのもまた海戦であった……。

第3章 英独戦艦咆吼

1 鬱蒼たる軍港

――一九四〇年（昭和一五年）一月四日

ヴィルヘルムスハーフェン。

北海に面したドイツ海軍屈指の軍港は、戦時には似つかわしくない静寂に満たされていた。

ここは対英作戦の最前線基地であり、潜水艦隊司令部も置かれている。専用ブンカーからはＵボートが連日出撃し、敵の通商路を脅かしていた。

ドイツ海軍の主力艦隊の泊地はデンマーク半島の東岸に位置するキールだが、イギリスにすれば真っ先に潰すべきはヴィルヘルムスハーフェンである。誰の目にもそれは明らかだが、ロンドンに居座る海相チャーチルは無気味なまでの沈黙を保っていた。

空軍機による小規模な爆撃や強行偵察もあるにはあったが、どちらかといえば嫌がらせの効果を狙ったものであり、被害は少ない。

不毛極まるまやかし戦争《フォニーウォー》は依然として継続中ながらも、ここまで平穏が保たれているのは異常事態と評すべきであろう。

だからこそ、有識者はヴィルヘルムスハーフェンの前途を憂えていた。揺りかえしと反動は絶対にやってくる。遠くない未来、溜め込まれた軍事的および政治的なエネルギーが爆発し、この軍港を焼き尽くすのではないかと。

静寂とは保たれるためではなく、破られるために存在するのだから。

そして、公現祭《こうげんさい》の二日前——ヴィルヘルムスハーフェンでは巨頭二人が揃い、その危惧を語り合おうとしていた……。

＊

「すると、ドイツ空軍《ルフトヴァッフェ》は大規模な空爆が近いと判断しているわけだな」

そう糾《ただ》したのはドイツ海軍《クリーグスマリーネ》で元帥杖《じょう》を持つ唯一の男——エーリッヒ・レーダーであった。

「不幸にして我らの意見も同一だ。イギリス海軍の動向を分析した結果、連中は地中海から戦艦を引き抜き、本国艦隊にまわしている。重油に余裕があるらしく訓練も活発だ。振り上げた拳《こぶし》を下ろす先は、ドイツ本国しかないだろう」

海軍総司令官の職務に携わるレーダーに返答したのは、空軍元帥に叙されている人物だった。

「空軍だけではありません。総統大本営《FHQ》もそう睨《にら》んでいますよ。とりわけヒトラー総統本人が強く警告されておられるのです。ヴィルヘルムスハーフェンへの直接攻撃に留意するようにと」

ベルリンから空路でやってきたヘルマン・ゲーリングは、肥満体を揺らしながら女性的な物腰で話した。

第三帝国総統の後継者を虎視眈々と狙う彼は、ありとあらゆる事態を権力闘争に結びつける人物であった。ヴィルヘルムスハーフェンに足を運んだのも、別に軍港の運命を案じたからではない。危機回避に口を挟み、機会主義者の本領を発揮しようと欲しただけであった。

　レーダー提督も相手の性根は理解していた。度量の広さを示してはいるが、それはポーズにすぎない。やるせないのは、脂肪と俗物根性が練り合わされて形成された男に頼らなければ、ヴィルヘルムスハーフェンを守れないという現実であった。

「空爆には空軍で対応してもらいますぞ。なにせ海軍には一機も軍用機がないのですから」

　嫌みな指摘だが、レーダーは嘘をついていない。帳簿上、ドイツ海軍に飛行機は皆無なのだ。

　ごく少数の偵察機や訓練機はすべて空軍からの借り物であった。独占欲の強すぎるゲーリングは海軍の懇願を無視し、ただの一機も供与を認めなかったのである。

　悪魔的な笑みを見せてからゲーリングは堂々と言い放つのだった。

「どうぞお任せください。防空のみならず、敵艦隊を撃退するのも空軍の任務ですから。海軍の現状ではイギリス艦隊と決戦を挑むことは不可能でしょう。

　たしか開戦時に、提督はこう話しておられましたな。『我らにできるのは立派な死に様を世間に示すことだけだ』と」

　レーダーはあえて反論しなかった。愚痴めいた台詞も真実であり、ドイツ海軍が置かれた状況もまた真実であったからだ。

　一九四〇年元旦の時点で、レーダーが保有しているドイツ製の有力な水上艦は三隻であった。

　すぐ戦線に投入できるのは、装甲艦〈ドイッチュラント〉に巡洋戦艦〈シャルンホルスト〉〈グナイゼナウ〉だけだ。

期待の〈ビスマルク〉は完成こそしていたが、まだ訓練の過程にある。その姉妹艦〈ティルピッツ〉は来年夏にならなければ就役できず、H型と呼ばれる次世代戦艦にいたっては着工されたばかりであった。

海軍拡張案――いわゆる〝Z計画〟では、戦艦一〇、装甲艦一五、空母四からなる大艦隊を一九四五年までに完成させることになっており、レーダー自身がそのプランを牽引していた。

承認時にヒトラーは、一九四五年までイギリスとの戦争はあり得ないと明言したが、それは口約束に終わったわけである。結局のところ、ドイツ海軍はUボートを用いての通商破壊戦に活路を見出すしかなかった。

ただし、レーダーも無為無策ではなかった。


彼が用意した軍艦は、すべてがドイツ製に非ず。日本製の戦艦が二隻、着々と戦闘準備を整えていたのである。

ゲーリングとレーダーが面談していたのは司令本部掩体壕《ブンカー》の内部であった。となりには建造水面がある。

進水後の艦船を浮かべておくプールのような施設だ。ブンカーそのものも箱状の建物であり、上空からは嫌でも目立つ。空爆の標的になるのは必至であろう。

しかし、二人の元帥に不安は微塵もなかった。

防空網に自信を持つゲーリングは敵機の大規模な跳梁《ちょうりょう》などあり得ないと考えていたし、ブンカーの天蓋コンクリートが八メートルの厚さだと知っているレーダーは、仮に直撃弾を受けても致命傷にはならないと判断していた。

実用一点張りの椅子に座り直したレーダーは、協力を求めねばならない凡夫《ぼんぶ》に訊ねた。

「貴殿の空軍がイギリス艦隊を撃退してくれると言ったが、策はあるのか」

にんまりと笑ってからゲーリングは、

「イェファー航空基地にユンカースJu88で編成された攻撃隊が展開済みです。航空用魚雷の開発も終わっております。ドイツ空軍は航空機で戦艦を撃沈する世界初の栄冠を手にできるかと」

と話したが、大艦巨砲主義者のレーダーは同意できなかった。

六四歳の彼は、良くも悪くも古い軍人だった。戦艦が飛行機で沈められるはずがないという固定観念からの脱却は難しかったのである。

無表情を決め込みながらレーダーは語った。

「ヴィルヘルムスハーフェンは守るには容易《たやす》い。ヘルゴラント要塞からヤーデ湾にいたるまで随所に機雷原を設置してある。イギリス海軍もそれを承知しているからこそ深入りはしてこない。

攻勢があるとすれば夜襲だろう。暗闇を突いての空爆になれば、空軍も対応は難しいのでは？」

「過去の戦争にばかりとらわれる軍人は、現代戦には有害なり。総統閣下のお言葉ですよ」

ゲーリングは総身から自我を発散させていた。

「数にやや不安こそあれ、夜間戦闘機の実戦配備も完了しております。いつ何時《なんどき》、イギリス空軍が殴り込みをかけてきたとしても撃退できる自信はありますよ。

それから機雷原ですが、あまり過信されぬほうがよいでしょう。ヴィルヘルムスハーフェンには連合軍のスパイが紛れ込んでいるという噂もあります。我が防備態勢は露呈しているという前提で作戦を進めるのが適切かと」

否定はできなかった。そもそもイギリス海軍も機雷戦に関してはプロなのだ。設置できる場所の推測など朝飯前だろう。こうなれば、できることをやるしかない。レーダーはそう決意した。

「敵襲があれば、海軍も保有艦艇のすべてを駆り出して迎撃に従事させる。一会戦ならば、勝てないまでも負けない戦いを演じきれる。

だが二度目はない。海軍艦艇の補充能力は限界を迎えているのだ。ここで損害をこうむると、洋上での攻勢など不可能となる。

ならば我らの征くべき道はひとつ。ヴィルヘルムスハーフェン防衛戦に成功すると同時に、ユトランドとスカンジナビアの両半島へと兵を進め、対英作戦の前線根拠地を確保しなければ……」

レーダーが身分不相応なまでの野望を口にしかけた瞬間であった。爆発にも耐えきる分厚いドアが軋《きし》みもなく開き、張りのある声が響いてきたのである。

「レーダー元帥！　デンマークおよびノルウェーに対する進軍を命令するのは貴官ではなく、この余である！」

圧倒的存在感を携えたまま歩を進めてきたのは、まぎれもなく第三帝国総統アドルフ・ヒトラー、その人であった。

「ただし、貴官の戦略眼は認めねばなるまい。余の思考と提督の思惑は一致しておるぞ。我が海軍はフィヨルドに基地を設けなければならぬ。いずれ共産主義者との激突は不回避なのだから」

劇的な登場にレーダーも度肝を抜かれた。かねてよりヒトラーは神出鬼没であり、想定外の場所に姿を現す事例もあったが、まさかここまで足を伸ばすとは意外すぎた。

　暗殺を危惧するヒトラーは、ベルリンの総統官邸だけでなく、国内各地に点在する総統大本営《FHQ》を気まぐれに移動し、所在をつかませないように留意していた。

　極秘裏にヴィルヘルムスハーフェンを訪れても不思議はないが、レーダー提督には一抹《いちまつ》の不信感が残った。

（まだだ。まだ早い。総統は勇敢な人物だが、前線指揮は好まれない。戦火が消えてからでないと危険地帯にはお出ましにはならない。本当に総統なのか？　英語で言う影武者《ダブル》ではないのか？）

　邪推が顔に出たのだろうか、ヒトラーは朗々とした声色でそれを補完してくれた。

「提督は余の登場に面食らっているようだ。その心を見抜いてやろう。敵襲の公算が大きいこの軍港へ余が訪れたのはこの身を囮《おとり》とし、連合国艦隊を誘引するためなのだよ」

　腰巾着が信条のゲーリングが言った。

「まことにもって勇猛果敢でございますな。総統自らが前線指揮をお執りになると知れば、国民の士気は爆騰《ばくとう》、間違いございません」

「空軍元帥の君が安全を保証してくれなければ、余はここには来なかったぞ。今回の危機を機会に転じるためには余という駒が必要だ。海軍元帥も、そう理解したまえ」

　否定できるような空気ではなかった。レーダーは素早く計算をめぐらせた。

「英仏艦隊に鉄槌を下せば、中立を宣言したブラジルへ再度圧力をかけられましょう。南米東岸の大半がUボート基地になれば、連合国は通商路を失い、やがて餓死します。

賭博の要素の強い計画ですが、成功すれば得るものは大きいかと」

「そうだ！　まことにそうだ！　ブラジル大統領のサルガードは不埒《ふらち》にも〈グラフ・シュペー〉を撃沈し、不可抗力だったと言い訳しおった。

余が寛大にも、訪独すれば詫びを聞いてやると伝えたのに、今にいたるも梨《なし》のつぶてだ。やつに現実を認識させるためにも、海軍の勝利が必要なのだ！」

興奮した調子でヒトラーが叫んだ直後、卓上の電話がそれに呼応するように鳴った。

レーダーは自らそれを取り上げる。受話器から流れた通報は吉報であった。

「総統、大戦果です。プリーン大尉の〈U47〉が敵空母艦隊を痛撃し、数隻を撃沈したとの連絡が入りました。場所はヴィルヘルムスハーフェンの北西一二〇キロです」

「見事である！　さすがは〈U47〉だ。スカパ・フローに単独潜入し、戦艦〈ロイヤル・オーク〉を撃沈した勇者が、またしても武名をあげたぞ。

この勢いを逃してはならぬ。余はレーダー元帥に命じようぞ。戦艦〈ビスマルク〉を出撃させよ。いや、〈ビスマルク〉だけでは駄目だ。日本から購入した〈プリステル・ヨーン〉〈ワールシュタット〉も出撃させ、チャーチルの尻を蹴り飛ばすのだ！」

2　夜盗艦隊

――同日、午後六時五五分

「なにもかもおしまいだ。〈アークロイヤル〉が転覆しますッ！」

　絶望に塗り潰された報告がイギリス戦艦〈キング・ジョージ五世〉のブリッジに響いた。

　その主《ぬし》である海軍中将トム・スペンサー・フィリップスは短軀《たんく》に気合いを漲《みなぎ》らせつつ、双眼鏡をかまえた。

　悪夢めいた現実が、そこにあった。中型空母の理想と各国海軍から賞賛された二万二〇〇〇トンの軍艦が横倒しになろうとしている。

　傾斜角は六〇度を超えていた。甲板にしがみついていたソードフィッシュ雷撃機が、摩擦と重力の綱引きに敗れ、北海に転がり落ちていく。

　そして終焉は唐突に訪れた。空母〈アークロイヤル〉は無様にも横転し、赤黒い塗料の塗られた下半身を丸出しにしたのであった。

　艦長のウィルフリッド・R・パターソン大佐がショック状態のまま言った。

「Uボート恐るべし。突入艦隊の三空母をわずか二〇分で屠《ほふ》るとは……」

　認めるしかない言い分にフィリップスも言葉を絞り出す。

「状況は最悪だ。〈グローリアス〉と〈フューリアス〉に続いて、新型の〈アークロイヤル〉までも潜水艦に食われてしまった。この事態を偶然と解釈してよいのだろうか」

　中将の思考を爆雷の弾《はじ》ける音が遮った。艦隊の全駆逐艦が取り憑かれたように奔走し、Uボート退治に精を出している。

　パターソン艦長が棘《とげ》のある口調で、

「本気になるのが遅すぎる。犠牲が出てから敵潜を沈めても意味などないのに。我らはUボートという強敵が間近にいながら、対潜作戦全般に遅れを取った。これは海軍軍令部の怠慢ですぞ」

と話したが、フィリップスは首を横に振った。

「責められるべきは軍令部ではない。もっと上の連中だ。艦長、君は空母三隻をすべてUボートが仕留めたと考えているようだが、かなりの確率で間違いだな」

「お言葉ですが、敵機も敵艦も視認できなかった以上、水面下からの刺客にやられたと判断するのが妥当では？」

「喫水線下を狙うのはUボートだけではないぞ。潜望鏡発見の報告があった〈アークロイヤル〉は別だが、〈グローリアス〉と〈フューリアス〉の二隻には予兆がなかった。敷設機雷に引っかかったのではないか」

機雷は魚雷と同様、もしくはそれ以上の破壊力を有する。過去にどれだけの軍艦が機雷に屠られたことだろう。

「ドイツ海軍がヴィルヘルムスハーフェン防衛のために機雷原を準備したのは事実。しかし、スパイ活動で敷設場所は特定できています。我らF部隊はそこを巧みに避けて……」

「最初からスパイの情報が虚偽にまみれていたとすれば、どうだ」

「つまり、我らは罠にはまったと？　ヴィルヘルムスハーフェンへの奇襲は見透かされていたと？」

士気の逓減《ていげん》を危惧するフィリップスは艦長の疑念には答えなかった。だが最悪の状況に直面しているという危惧は、少将の心に忍び込んできた。

〈今回の〝山羊座作戦《オペレーション・カプリコン》〟はスパイからの情報を鵜呑《うの》みにして立案された。公現祭の夜、ヴィルヘルムスハーフェンにあの男がやって来る。私のF

部隊は艦砲射撃で彼を街ごと吹き飛ばすために編成されたが、すべてが周到な罠であったとすれば、吹き飛ばされるのはこちらだ……）

フィリップスのF部隊は戦艦二、巡洋戦艦二、空母三を主軸とし、これを軽巡四と駆逐艦一二が取り囲む陣構えであった。

全艦が二八ノット以上を発揮できる高速艦隊だ。これだけの火力が集中された理由はひとつ。アドルフ・ヒトラーの抹殺であった。

MI6と名づけられた秘密情報部の活動により、第三帝国総統の動向はある程度つかめていた。ヒトラーは一月四日の夕刻にヴィルヘルムスハーフェンに入り、同市で一泊してベルリンに戻るらしい。

値千金の吉報に接したのは昨年一二月三一日であった。F部隊は七二時間で無理やり出撃準備を整え、敵本土直接攻撃に繰り出したのである。

立案者のウィンストン・チャーチル海軍大臣自身が〝カプリコン作戦〟と銘打った攻勢案だが、骨子は単純明快であった。

日没前にヴィルヘルムスハーフェンの湾港設備を空襲し、炎上する街を目標に六隻の巨艦が主砲弾を撃ち込み、俊足を生かして通り魔の如く離脱する。ただ、それだけだ。

残念ながら空軍の協力は得られなかった。

ノーフォークの基地からヴィルヘルムスハーフェンまでは、中立国オランダの沖合を突破しても往復九八〇キロであり、ヴィッカース・ウェリントンやブリストル・ブレニムなど双発爆撃機の攻撃圏内には位置している。

しかしながら、昨年一二月一八日に空軍独自でヴィルヘルムスハーフェンを空爆した際の損害が凄まじすぎた。

　出撃した二四機のウェリントン爆撃隊のうち、帰投したのは一一機のみ。ドイツ側の防空態勢に恐れをなしたイギリス空軍は、チャーチルからの参陣要請を拒絶したのだった。

　まだ海相にすぎないチャーチルの限界だった。仕方なく正規空母三隻を同伴させ、八一機の攻撃隊を搭載したが、これで足りるかは微妙だ。

　けれどもチャーチル本人はあくまで強気だった。荒削りではあるが、奇襲さえうまくいけば捷報《しょうほう》にたどりつけよう。ヒトラー謀殺が成れば、それで戦争は終わる。試す価値のあるギャンブルなりと、チャーチルは判断したのだ。

　自信の根源は、作戦の骨子が彼の発案ではないという事実に基づいていたのかもしれない。オリジナルプランは四半世紀も前に世に出ていた。

　艦隊の名称を理解すれば、それがわかる。

　F部隊の〝F〟だが、それはフィリップス提督を意味していない。かつて絶大な権力を誇ったジョン・アーバスノット・フィッシャー卿の名前を頂戴したものだった。

　そしてフィッシャーは、前回の対ドイツ戦役においてバルト海侵入作戦を本気で研究していたのである。

　艦砲でヴィルヘルムスハーフェンを無力化してキール運河を奪い、ドイツ北部に陸軍部隊を上陸させ、一気にベルリンを襲撃する案だ。

　それ専用に五一センチ連装砲塔を三基六門装備した巡洋戦艦〈インコンパラブル〉の設計も進められていたが、計画自体が廃案となってしまった。トルコのガリポリ作戦が不首尾に終わり、フィッシャーが辞任してしまったためだ。

　今回のカプリコン作戦は、夢想めいたバルト海侵入計画の前半部だけを切り取ったものである。そのための駒として、チャーチル卿は最大規模の艦船を投入していた。

　旗艦は〈キング・ジョージ五世〉、昨年暮れに完成したばかりの超最新鋭艦である。

　まだ慣熟訓練の過程にあったが、フィリップスは迷うことなく将旗を掲げていた。個艦防御力では最強と判断したからだ。

　続く巡洋戦艦は〈フッド〉〈レナウン〉〈レパルス〉の三隻だった。すべて古株だが、乗員の練度は高い。本作戦の主力艦であろう。

　そして、最後に日本製の軍艦が続いていた。二隻の輸入戦艦である……。


　航空母艦が三隻とも沈み、御膳立《オードブル》てとしての空襲が不可能となった。こんな時、他の国の海軍将校であれば、どんな決断を下すだろうか。

　第三者からの視線を欲したフィリップスは、艦隊最後尾に目を移した。イギリス海軍の設計思想とは趣を異にする二隻が白波を蹴立てている。

　戦艦〈マジェスティック〉と〈ブラック・プリンセス〉だ。

　前者は旧名を〈駿河《するが》〉といい、後者は〈黒姫《くろひめ》〉を名乗っていた。ともにイギリスが大枚を叩《はた》いて競り落としたメイド・イン・ジャパンの傑作艦である。

　イギリスとして必須な軍艦というわけではなかったが、放置すればドイツが買い漁《あさ》ることは火を見るよりも明らかだった。

　そうなれば英独の海軍バランスは一気に崩れる。

必要はなかったが、必然に迫られて購入したというのが真相だった。

フィリップスが注視する先に気づいたのか、パターソン艦長は空気を読んで言った。

「まったく驚きです。王立海軍《ロイヤルネイビー》が東洋人から戦艦を買う日が来ようとは。かつて我らは〈三笠《みかさ》〉や〈金剛《こんごう》〉といった主力艦を日本に売りつけ、外貨を稼いでいたというのに。フィッシャー卿も天国で嘆いておられましょう」

「弟子とは師匠を超えるものだ。日本海軍は長年イギリスを師範としてきたが、部分的ながら凌駕された事実は認めなければなるまい。

あの二隻を見るがいい。手堅い設計と斬新な主砲を組み合わせた結果、陳腐化もせずに世界屈指の戦艦として君臨しているではないか。

正直な話、あの二隻がいなければ我が海軍は苦境に立たされていたぞ」

「苦境に立ったのは国庫では？」

「それでも安く買えたほうだ。値引きは日英同盟延長と交換条件だったが、そのほうが都合がよい。太平洋にまで主力を派遣する余裕は、我が国にはもうないのだから」

そう言うとフィリップスは双眼鏡を降ろした。力強き艦影を凝視しても、現状には寄与し得ないと思い至ったからである。

空母が全滅し、空軍の加勢も見込めない以上、もうヴィルヘルムスハーフェンに火の手はあがらない。目印がなければ対地砲撃を強行しても戦果は得られまい。

真犯人がUボートなのか機雷なのかはわからないが、敵がF部隊の存在を嗅ぎつけるのは時間の問題だ。もしも手の内を読まれていれば、待ち伏せを受ける危険もあった。

司令長官として決断を下すべき場面に直面している。フィリップスはそう確信し、全艦撤退命令を下す覚悟を固めた。

しかしながら、彼の意志は見透かされていた。スカパ・フロー基地で陣頭指揮を執る海軍大臣から直々の督戦命令が届いたのである。

「司令、チャーチル卿より入電です」

「読みたまえ」

『空母三隻喪失の責任は貴官になし。ただし作戦はあくまで続行し、結果で損益を補填せよ。F部隊はあらゆる困難を排し、標的を打ち倒すべし』

これで損切りの選択肢は消えたが、フィリップスには悲嘆に暮れる暇はなかった。前衛の駆逐艦から急報がもたらされたのである。

「先導駆逐艦〈バシリスク〉より通報。敵機編隊を確認。二〇機以上。主力部隊へ向かう！」

手足を絡め取られていく強迫観念に苛《さいな》まされながら、フィリップスは言った。

「パターソン艦長、我らの任務は単純化したぞ。海相の恐喝めいた命令に従い、敵に挑み、勇者の如く倒れればよい。ただ、それだけだ」

3　サンセット・エアレイド

——同日、午後七時二五分

血のような夕焼けを切り裂いてイギリス艦隊に襲いかかった飛行軍団は、すべて同じ高速爆撃機で構成されていた。

ユンカースJu88である。ポーランド戦の終盤に最前線へ投入された新鋭機だ。

見てくれは典型的な中型の双発機にすぎない。

乗員四名を押し込めるコクピットの面構《つらがま》えこそ凶悪だが、ほかは無難にまとめあげた奇をてらわないデザインだ。

であるからこそ、性能に穴はなかった。多目的に運用することを前提に図面が引かれたため、爆撃だけでなく、偵察機や夜間戦闘機としても充分に使えるのは強みであろう。

ゲーリングも大いに期待を寄せ、開発に注文をつけていた。彼は野心をたぎらせていたのだ。戦艦を飛行機で屠る初の栄冠を手にしたいと。

一九三八年夏にイギリス海軍が日本から戦艦を購入するや、ゲーリングの横槍は顕著になった。

雷撃機型のJu88を生産せよ。同時に対艦爆弾と魚雷の配備も急げ。間に合わないようであれば日本から買え。寡兵の海軍になり代わり、空軍がイギリス艦隊撃破の任につくのだ……。

ヒトラーにつぐ権力者のひとりであるゲーリングの命令に逆らえる者などいない。予定は年単位で前倒しされ、Ju88A-17と呼ばれる雷撃仕様機が開戦に間に合った。

F部隊に攻め寄せてきた三六機のJu88のうち、二四機が雷装、残る一二機は爆装であった。

攻撃隊長のアレックス・ブラント少佐は、まず艦隊中央の巡洋戦艦を狙った。単縦陣の真ん中を強襲し、隊列を崩すのが狙いだった。

接近するイギリス艦隊の構成は把握できていた。大型空母一を沈めたギュンター・プリーン艦長の〈U47〉が敵情報告を送ってきたのだ。

戦艦六隻で編成された大艦隊である。ほかにも空母が複数いたらしいが、〈U47〉が襲撃する前に機雷原に足を突っ込み、勝手に沈没したようだ。哨戒中の〈U47〉はその爆発反応でイギリス艦隊の存在を察知し、肉薄したらしい。

居場所が露呈したからには見逃す恐れはない。栄えある尖兵として勇躍出撃したブラントだが、頭から重い霧は晴れなかった。

彼は空爆に過剰な期待を抱いてもらっては困ると考えていた。攻守に優れた戦艦を撃沈した軍用機は、まだ存在しないのだから。

ベルリンの日本大使館からイェファー航空基地までやって来た阿光《あこう》という空軍士官は、この魚雷なら絶対に巨艦を屠れると断言していたが、それは世辞と解釈すべきだろう。

ただし、イギリス艦隊に混乱をもたらせば迎撃に赴いた味方の戦艦隊には有利になる。それで勘弁してもらわなければ。

しかし、ブラントは与えられた兵器を過小評価していたのだった……。

＊

「三番艦〈レパルス〉に魚雷命中！」

隊列の最後尾を走る〈ブラック・プリンセス〉の夜戦艦橋に悲報が届いたのは、かろうじて艦影が確認できる黄昏時《たそがれ》であった。

観戦武官として乗艦を許可されていた貞海開治《さだうみかいじ》中佐は二時方向を睨んだ。古めかしささえ感じさせる巡洋戦艦が、火柱と水柱によって包囲され、断末魔に喘《あえ》いでいる。

同盟国の危機を目の当たりにしても、冷徹な貞海は眉ひとつ動かさなかった。自業自得だとさえ考えていた。

かつてイギリス海軍はユトランド沖海戦で巡洋戦艦の弱点を学んだはずなのに、なおも重用を続けたツケがまわってきたのだと。

「悔しいが、ドイツ野郎《クラウツ》の魚雷はよく当たるな」

早口でそう言ったのはジョン・C・リーチ大佐であった。開戦の二ヶ月前、〈ブラック・プリンセス〉の艦長に就任した男である。

「数の勝利か。ユンカースJu88は魚雷を二本懸吊《けんちょう》できると聞いた。来襲した機体の倍以上の魚雷が発射されれば、健脚の〈レパルス〉でも逃げ切れんぞ」

後ろから貞海中佐が、発音にやや難のある英語で解説した。

「物量だけではありません。性能も保証つきです。あれはたぶん日本製でしょうから。九一式航空魚雷か、そのコピーと考えて間違いありません。ドイツではＬＴＦ５ｂ型と称していますが」

場の空気を凍りつかせる台詞に、リーチ艦長は怒りを押し殺せなかった。

「イギリスの同盟国でありながら、敵対するドイツに魚雷を売ったと言うのか⁉」

「一昨年の夏、図面と実物一ダースをセット販売しました。お忘れかもしれませんが、日本は貴国が時評したように、武器を売って外貨を稼ぐ〝死の商人〟なのです。

金さえ払ってくれるならば、思想信条に関係なく兵器は売ります。その武器が自らに向けられる危惧も覚悟しています。貴国にも魚雷売却は打診しましたが、間に合っていると断られました」

黙るしかないリーチ艦長に、またしても凶報が届けられた。

「敵機四。超低空で〈レナウン〉へ向かう！」

苦い一報にも貞海中佐は表情を変えず、脳内で考察を始めた。

（ドイツ空軍機は五月雨《さみだれ》式に襲来してきた。このペースで空襲は続くのか？　そうは思えぬ。すぐに闇が周囲を支配する時間帯となる。

夜間雷撃は最難関行動のひとつ。優秀なドイツ空軍でも回避したいはず。また大編隊を準備しているならば、出し惜しみはするまい……）

貞海の思索は怒号で破られた。リーチ艦長が大声で命じたのだ。

「雷撃機だな。やつらに撃たせるな。〈レナウン〉を死守せよ！」

戦艦〈ブラック・プリンセス〉は主人の指示に従い、主砲を除く全砲火が業火《ごうか》を放った。

輸出戦艦の特色として、主砲と副砲はそのままだが、高角砲や機銃といった対空火器は丸坊主の状態で引き渡されるケースが多かった。

砲弾の手配を考えれば、数を撃ちまくる火砲は自国の兵器で固めたほうが合理的だからだ。イギリスに嫁入りした二戦艦も、やはり対空火器は独自に開発したものを搭載していた。

内訳は、五〇口径一三三ミリ連装両用砲が一〇基、四〇ミリ八連装ポンポン砲を六基、二〇ミリ単装機銃が一二挺だ。

数的にはネルソン型やキング・ジョージ五世型のそれを凌駕している。これだけの対空火器を増設できたのは、前檣楼から煙突まわりにかけて空きスペースが多かったためであった。

耳をつんざく発射音が周囲に轟《とどろ》く。もはや会話など不可能なレベルだ。貞海は貸し与えられた双眼鏡で〈レナウン〉の左舷側を睨んだ。

二本煙突の巡洋戦艦に突入しようと試みるJu88のうち、一機が粉々になって吹き飛んだ。

抱えた魚雷が誘爆したのか、巨大な火の輪が空中に出現し、それを回避しようと後続の二機が機首をめぐらせた。

　戦果を勝ち取ったのは片舷九基ずつ設置された副砲だった。

　五〇口径一四センチ単装砲は最大仰角三五度であり、射程は一万九一〇〇メートルにも及ぶ。時限信管つきの対空砲弾も輸入されており、雷撃機対策として活躍が期待されていた。

　実のところ、貞海が渡英したのは零式通常弾と呼ばれる対空砲弾の搬入が目的であった。技術指導も兼ねていたが、相手はロイヤル・ネイビーを名乗るだけのことはあり、講習の必要はほとんどなかった。

　そして、この場面では満点の効果が得られた。〈レナウン〉の左舷低空から押し寄せたJu88は、後方七五〇〇メートルに位置する〈ブラック・プリンセス〉の副砲によって撃退されたのだ。

　興奮を抑えながらリーチが言う。

「副砲塔群、見事な手並みだぞ。本艦は〈レナウン〉を守った。次は攻めのターンだ。ヴィルヘルムスハーフェン砲撃においては、よりいっそうの奮起を期待する」

　艦長の訓辞に水を差すかのように、貞海が冷たい予測を告げた。

「喜ぶのは、まだ早すぎませんか。ドイツ軍は粘着質です。次の一手があると考えて動いたほうが、賢明ではないでしょうか」

　台詞を言い終えると同時に、貞海の視界に黄色の爆発閃光が飛び込んできた。

「畜生め！　二番艦〈レナウン〉被弾！　爆撃機にやられましたッ！」

　被弾は前甲板だった。二基の三八・一センチ砲の中間で破裂した一撃は、天高く紅蓮の炎を吹き上げたかと思うと、色合いを不意に変えた。

墨汁のような黒煙が濃さを増し、そして――。

大爆発が生じた。弾火薬庫に火がまわったのだ。

三年の月日をかけた大改装で、新型戦艦のようなたたずまいと強靱《きょうじん》な装甲を手に入れた〈レナウン〉であったが、この破壊エネルギーには耐えきれなかった。全長二四二メートルの船体がねじ曲がり、真っ二つになった。

黙示録的な風景に、リーチが重い口を開く。

「この海は地獄だ。我々は雷撃機に視線を奪われすぎていたぞ。サダウミ中佐、もしやあれも日本製の爆弾なのか」

「ノー。日本の陸海空三軍のなかで、あんな巨弾を保有する組織はありません。ドイツ軍が独自に開発したものでしょう」

彼らには知る由もなかったが、〈レナウン〉を直撃した爆弾はＳＣ１８００と呼ばれる超大型の汎用爆弾であった。

通称〝サタン〟と呼ばれるそれは、Ju88に搭載可能な兵器のうち最大かつ最強のものだ。略称が示唆するとおり、重量は一・八トンにも及ぶ。対艦用途が主だが、トーチカやダムといった強固な戦略目標にも対応可能だった。

一二機の爆装したJu88のうち、緩降下で投弾した機体は九機。そのうち二発が積み重なるように〈レナウン〉の艦首にぶち当たったのである。

なおも敗報は続いた。

沈みゆく〈レナウン〉を黙って見送るしかない〈ブラック・プリンセス〉の艦橋配置員たちは、憂鬱さを倍増させる連絡に接したのだ。

「三番艦〈レパルス〉のテナント艦長より入電。

本艦、浸水止まらず。現在傾斜角三五度。復旧の見込み皆無。ただいま総員退去を命じたり。なお乗組員救助の要なし。残存艦は進撃を続け、目標都市への砲撃に邁進されたし！」

必死の復旧作業も虚しく、〈レパルス〉は命運が尽き果てたようだ。

元来が巡洋戦艦であり、また開戦で本格的な改造もできず、防御力には最初から問題を抱えていた。〈レパルス〉は同型艦〈レナウン〉の後を追うように、凍てつく北海に身を横たえていった。

「通信長、旗艦に意見具申だ。現状を鑑みるに撤退が最善の判断なり。再起を期すべし」

砲戦部隊の三分の一が空襲で失われたのだ。撤退の意志を表明しても臆病と受け取られることはない。

リーチ艦長はそう考えたようだが、〈キング・ジョージ五世〉からの返答は簡潔かつ非情なものであった。

『こちら、フィリップス提督。F部隊全艦に厳命。南下を続行せよ。ここで引き返せば犠牲となったフネが犬死にとなる。

繰り返す。カプリコン作戦を続行し、独裁者の首を取れ！』

4 公現祭の夜に

——同日、午後八時一二分

イギリス戦艦四隻による絨毯艦砲射撃《カーペット・ガン・ファイア》。

それはヴィルヘルムスハーフェンに破滅をもたらすはずであり、端緒においては充分すぎる破壊を演出した。

沖合二〇キロまで接近したF部隊は、大小とりどりの砲口から火弾を撃ち出し、市街の一角を紅に染めた。

しかし、戦略目標も戦術目標も達成することはなかった。F部隊は偶然の要素なしには解き得ぬパズルに挑戦を続けていたのである。


ヴィルヘルムスハーフェン市街は断続的に揺れていた。

地震ではない。悪意の凝縮体が次々に破裂しているのだ。港湾地区へと降り注ぐ戦艦砲の威力はさすがに凄まじく、司令本部掩体壕《ブンカー》でさえ振動に見舞われた。

もっとも、それに籠もるエーリッヒ・レーダーとヘルマン・ゲーリングの両元帥は悠然たる様子を崩さなかった。

二人とも前の大戦で実戦を経験しており、肝は据わっていた。またこのブンカーは最強の装甲に覆われている。恐れる必要などない。

不安があるとすれば建造中の〈ティルピッツ〉だった。二月に就役予定の新型戦艦である。現在最終艤装が急ピッチで進められていたが、被弾すれば損害は甚大だろう。

レーダーは苦り切った調子で話した。

「軍民問わぬ無差別砲撃か。宣伝省のゲッベルスは大喜びだろうな。大勢の市民が犠牲になれば、イギリス人の卑劣さを世界に喧伝できると」

突き出た腹をさすりながら、ヘルマン・ゲーリングが応じた。

「彼の本性はそのとおりですが、死者は最小限ですむはずです。今宵、この軍港都市に残っているのは軍人と一部の造船技術者だけ。非戦闘員は夕刻前に疎開をすませています。

灰色のバスが大挙して乗りつけ、大部分の市民を六〇キロ南方のブレーメンに送り届けました。表向きはそこで行われる公現祭に参加するためですがね。

　これは総統大本営《FHQ》からの指示によるものです。我らが総統の御配慮には頭を下げるしかございません。ハイル・ヒトラー！」

　見事なまでのナチス式敬礼をなしたゲーリングであったが、崇拝の対象とされた男は変調を来していた。

　全身をガタガタと震わせ、脂汗を流している。酷い臭気だ。失禁でもしているのか。

「余は……余は……怖い……恐ろしい」

　ヒトラーはいきなり四つん這いになると、まるで薬物中毒患者のようにカーペットの隅を噛み始めた。正気を失いかけているのは誰の目にも明らかだった。

　そんな相手に対し、違和感を感じたレーダーはこう切り出したのだった。

「貴様は総統ではないな。そうだろう？」

「し、痴れ者め！　なにを言うか！　余は第三帝国総統アドルフ・ヒトラーであるぞ！」

「黙らんか！　この偽者めが。総統閣下は陸軍兵長として二度も鉄十字賞を受賞されておられる。これしきの砲撃で腰を抜かすはずがない。本名を白状しろ。いまなら罪には問わぬ」

　その一言に観念したのか、ヒトラーに瓜二つの人物はこう自供したのだった。

「私は……ブルーノ・ガントリバー・マスッチ。役者です。身代わりとして、ここに行くよう命ぜられました……」

　眉を傾けたままゲーリングが横から告げた。

「やはり影武者《ダブル》ですか。私も薄々気になってはいたのです。ここは海軍元帥ヘル・レーダーが詰める司令本部だというのに、迎撃艦隊の動向がなかなか入ってきません。

優先して伝えなければならない場所がほかにあるからでしょうね。総統閣下はそこで指揮を執っておられるはずです」

その疑念をレーダーが口にしようとした時であった。不意に周囲を静寂が満たした。

「敵艦隊の砲撃が……やんだ？」

無気味な沈黙は数分も続いた。もはや砲弾は落下してこない。レーダーは安堵と同時に不信感を抱いた。執念深さで定評のあるイギリス野郎《ライミー》がこれしきの砲撃で飽きるはずがない。

彼の疑念を氷解させる一報が到着したのは数秒後のことであった。真冬だというのに滝のような汗を流した伝令が走り込んできた。

「味方艦隊です。戦艦四隻が沖合に出現し、現在イギリス艦隊と交戦中！」

通報を耳にしても、レーダーは安心などできなかった。むしろ苛立たしさが募った。

キール運河を抜けてきたマルシャル大将麾下《きか》の戦艦部隊だろうが、どうして海軍総司令官の私に事前通報が入らないのだろう？

つまり、誰かがいるのだ。

エーリッヒ・レーダーになり代わり、全般指揮を執っている人物が。

海軍元帥は横目で独裁者の偽者を睨んだ。マスッチという役者は部屋の隅で、まだ震えている。

ならばどこだ？

本物の総統はどこにいるのだ？

5　キール演習作戦

――同日、午後八時一五分

夜陰に紛れて戦場に乱入したドイツ艦隊は、ヴィルヘルム・マルシャル大将率いる水上砲戦部隊であった。

旗艦は〈ビスマルク〉だ。昨年八月に完成したばかりの新鋭戦艦である。

ドイツ造船技術の粋《すい》を凝らして完成した巨艦は、二〇世紀半ばに頂点に達した戦艦という眷属《けんぞく》の理想像と見る向きも多い。

全長二五一メートル、基準排水量四万一七〇〇トン。この図体の軍艦が三〇ノットという高速で突っ走るという現実が、その設計の巧みさを如実に表していた。

主砲は三八センチ連装砲塔を四基装備。列強海軍でメジャーとなりつつある四〇センチ砲に比べれば小ぶりだが、発射速度と命中精度、そして砲弾自体の破壊力を向上させて対抗している。

最大の特色は防御だ。主砲口径を小型で辛抱しているのは、そのぶんの重量を装甲鈑にまわすためであった。

同様の設計思想は先頭を走る〈シャルンホルスト〉にも受け継がれていた。こちらは三万一八五〇トンの巡洋戦艦であり、三連装の二八センチ砲塔を三基装備している。

三一ノットという高速を確保するため、装甲がやや犠牲になった感はあるが、殴られ強いフネであることに異議を唱える者は少ない。

両艦はドイツ流の設計思想に根づいた軍艦であったが、続く三番艦と四番艦は違った。

巨大戦艦〈プリステル・ヨーン〉〈ワールシュタット〉——その二隻は極東の島国で建造され、ドイツ人によって運用されていたのである……。

「マルシャル司令、どうやらイギリス艦隊はまだ我らに気づいていない様子です」

赤色灯の毒々しい色で満たされた戦闘艦橋でエルンスト・リンデマン艦長が小さく告げた。

「よし、奇襲はなった。距離二万二〇〇〇で砲撃開始だ。連中がヴィルヘルムスハーフェンに夢中になっている隙に横っ面を殴り飛ばせ！」

マルシャルは現場主義者であり、常に最前線で将兵と苦楽をともにしなければ勝機はつかめないと信じていた。

よく言えば勇猛果敢な勇将であり、悪く言えば匹夫《ひっぷ》の勇を地で行く愚物である。

そんなマルシャルであっても、座乗する〈ビスマルク〉の状況は把握できていた。

砲員の練度が低すぎるのだ。

慣熟訓練を終えていない以上、仕方のないことだが、遠距離からの砲撃戦を挑めば後攻めの利を放棄するも同じである。リンデマン艦長は二万を切ってからの砲撃を具申していたが、マルシャルは一割増した段階での射撃を命じたのだった。

戦後の研究では、〈ビスマルク〉は水平防御に構造的弱点があったとの指摘も多い。

当時、マルシャルもリンデマン艦長もそれは認識していなかった。完全な結果論だが、それを補う手段としては近接戦闘が有効ではあった。

「僚艦にも通達。乱戦に備え、あらかじめ単縦陣を解散する。旗艦発砲後は各々の判断で敵艦隊へ突撃せよ」

マルシャルの命令は一見乱暴にも思えるが、実は理に適《かな》うものであった。

戦闘に参入した四戦艦のうち、同型艦は日本製の二隻だけだ。速度も旋回半径も違いすぎる軍艦でカルテットを演じるのは無理がある。ましてや夜戦となれば混乱は必至。ならば一定の自由裁量を与えたほうが戦果は稼げる。

今回の〝キール演習作戦〟が総統大本営《FHQ》から直接の指示を受けて実行されている以上、失敗など許されるはずがなかった。

「目標、敵二番艦。あの大型戦艦を狙え」

リンデマン艦長が叫ぶや、勝利を確信した声で返答が響く。

「装填よし！　測距よし！　A砲塔からD砲塔まで発射準備完了！」

「発射《ファイア》！」

途端にSKC／34型と呼ばれる四基の主砲が業火を放った。いずれも右砲だけを用いた交互撃ち方である。

まずは夾叉《きょうさ》を得て、それから一斉射撃に切り替える段取りだった。二六秒に一発の割合で射撃が可能な巨砲である。最初から全砲門を使わずとも、手数で有利に動くはずだ。

敵艦は二本煙突の長大なフネであった。燃えるヴィルヘルムスハーフェンが光源となり、艶姿《あですがた》を浮かび上がらせている。

残念だが〈ビスマルク〉の初弾は外れた。第二射も第三射も効果はなかった。無機質な水柱が立ちのぼっただけであった。

すぐに観測員から修正値が砲塔群に送られる。前檣楼トップにはドイツ自慢のFuMO23型水上レーダーも装備されていたが、精度は不安定で信頼がおける代物ではなかった。

しかし、艦隊先頭を進む〈シャルンホルスト〉は戦果を勝ち得た。第二射で一発が敵艦に激突し、緋色の炎を巻きあげたのだ。

とはいえ、所詮は二八センチ砲弾である。戦艦相手に致命傷を与えることはできない。火災を生じさせるだけで精いっぱいだった。

煙突後方の火炎でシルエットがいちだんとはっきり見えた。

「あれは〈フッド〉だぞ！　イギリス海軍屈指の巨艦だ。巡洋戦艦だから守りは薄い。やつを沈めて数的優位を確保せよ！」

マルシャル大将の怒号に〈ビスマルク〉は砲撃を続行したが、〈フッド〉の復讐が先だった。

連装四基の三八・一センチ砲が猛威をふるい、〈シャルンホルスト〉を痛打したのだ。

着弾箇所はB砲塔《ベルタ》だった。それも砲身だ。爆圧は凄まじく、二八センチ砲はすべて折れてしまった。

弱ったことに飴細工のように曲がった砲身がA砲塔《アントン》の背後に食い込み、旋回不能に追いやった。〈シャルンホルスト〉は一発の命中弾で砲戦力の三分の二を喪失したのである。

戦果を刻んだ〈フッド〉だが、幸運は長く続かなかった。〈ビスマルク〉の第六斉射のうち、二発が艦尾に命中した。

たちまち黄色と黒の煙が湧き起こり、それが朱色にとって代わった。〈フッド〉は不意に足並みを崩し、全身を震わせると猛然と爆発した。

「弾火薬庫を串刺しにしたようだ。北欧軍神オーディーンは我らに味方しましたぞ！」

興奮しきったリンデマン艦長が快哉《かいさい》を叫ぶや、

〈フッド〉は忽然と姿を消してしまった。まるで手品師《マジシャン》のイリュージョンであった。

「これで数的には四対三だ。この優位性を崩すな。距離を詰め、そのまま押し潰せ！」

攻撃続行を指示したマルシャルは戦況有利な渦中にあっても、味方への熱い視線は失っていなかった。

「旗艦が命懸けで死闘を演じているというのに、日本製の二隻はなにをやっているのだ!?」

その明確な回答を得るよりも早く、戦局は流転した。イギリス艦隊の先頭艦が反撃の狼煙《のろし》をあげたのである。

かつてチャーチル卿が「世界でもっとも優美な艦」と賞賛した〈フッド〉が一刀両断にされるショッキングな場面は、〈キング・ジョージ五世〉の艦橋からも確認できた。

「空母三隻がやられ、今度は巡洋戦艦が三隻とも沈んだ。神は何処《いずこ》におられるのだ……」

艦長のパターソン大佐が嘆き節を口にしたが、現実は現実だ。受け入れるしかない。

F部隊指揮官のフィリップス中将は冷静に命令を下すのだった。

「神は戦士の意志に宿り、そして自ら助くる者だけを助くのだ。艦長、これくらいのハンデがなければ凱旋しても自慢にはならん。砲撃を続行したまえ。すべての火力を〈ビスマルク〉に！」

活を入れられたパターソン艦長は、敬礼をしてから返答した。

「榴弾は第四射で撃ち終わり、第五射からは徹甲弾へ切り替えております。まだ命中弾はありませんが、次の第六射には御期待ください」

ヴィルヘルムスハーフェンを砲撃中に背後を取られたF部隊であったが、対応は素早かった。フィリップスはただちに対地砲撃を中断させ、対艦砲撃に切り替えさせていた。

　対地用榴弾と徹甲弾は似て非なる兵器だ。砲弾を飛ばす炸薬量を調整しなければならず、弾着観測はやり直しに近くなる。

　そうした不利を背負っていたが、〈キング・ジョージ五世〉はここで結果を出した。

　下手な鉄砲も数撃ちゃ当たるのたとえどおり、一二門もの砲身から放たれた三五・六センチ砲弾はドイツ戦艦を直撃したのだった。

　キング・ジョージ五世型戦艦は四連装砲塔を三基有する多砲塔搭載艦なのだ。

　後先考えぬ一斉射撃を敢行した結果、一二発の徹甲弾のうち二発が〈ビスマルク〉の舷側を捉えたのである。

　戦艦〈キング・ジョージ五世〉の主砲は三六センチと小ぶりだが、MkⅦと呼ばれる新設計の砲身であり、三八センチ砲と同等の破壊力を持たせてある。

　それが一万八〇〇〇メートルという近距離から直撃したのだ。〈ビスマルク〉といえども軽傷ですむはずがなかった。

　黄色い電撃が敵艦を駆け抜けた。

　弾着は後部艦橋だ。一発なら耐えられたかもしれないが、時間差をおいて落下してきた二発目が致命傷となる。中央から艦尾にかけて大火災が生じ、後部二基の主砲は完全に沈黙した。

　浸水も始まったらしく、アンバランスに傾いている様子が見て取れた。あれでは残る主砲の発射も難しいだろう。

歓喜の絶叫が艦橋を満たすなか、ひとりフィリップスは落ち着きはらって言った。

「やはり数とは力であり、正義なのだな。本艦は当初、四連装砲塔二基と二連装砲塔一基を備えた戦艦として誕生する予定だったが、あえて門数を増やして正解だったぞ」

パターソン艦長も同調した。

「日本から購入した〈マジェスティック〉の四連装砲塔を徹底研究したのが奏効したのでしょう。実に高い買い物でしたが値打ちはありました。国産戦艦待望論が浮上し、本艦の就役が予定より一年前倒しされたのも大きかったですな」

「うむ。春先に完成する〈プリンス・オブ・ウェールズ〉さえあれば、イギリス海軍の旗幟《きし》が力を失うことはあるまい。たとえ本艦がこの海で潰《つい》えたとしてもな……」

不吉すぎるフィリップスの独白に対し、〈ビスマルク〉は存分に応答した。

「敵艦発砲！　やつはまだ生きています！」

ドイツ艦はダメージコントロール能力に特化している。そんな話をフィリップスたちも耳にしていたが、〈ビスマルク〉の立ち直るスピードは異様なほどであった。

左舷側に注水して強引に傾斜を復元すると、艦首側のA砲塔およびB砲塔だけを用いた射撃を敢行したのだ。

しかしその直後、〈ビスマルク〉の前甲板に鈍い光が煌《きら》めいた。〈キング・ジョージ五世〉の第九斉射のうち、一発が命中したのである。

限界まで頑張っていたA砲塔が打ち砕かれ、砲座から外れるシーンを目撃したフィリップスが声を張りあげた。

「敵ながらよくやった。だが、もはや撃てまい。全駆逐艦に命令だ。水雷戦闘で〈ビスマルク〉にとどめをさせ！」

フィリップスが号令を発した数秒後であった。

戦艦〈キング・ジョージ五世〉は〈ビスマルク〉が発射した三発の三八センチ砲弾を頂戴し、ノックアウトされてしまったのである。

舳先に突き刺さった一発が艦首を二〇メートルにわたって噛みちぎり、艦尾を襲った二発目は操舵室にまで侵入して炸裂し、推進系に大ダメージをもたらした。

三発目が最悪だった。第二煙突の根元を貫いた〈ビスマルク〉の最後の一発は、竜骨《キール》にひびを刻むほどの打撃を与えた。

英独の国産戦艦同士の対決は、痛み分けのまま終焉を迎えようとしていた……。

6　竜虎の戦い

――同日、午後八時四〇分

『フィリップスより達する。本艦戦闘不能。もはや操舵も能《あた》わず。艦隊指揮権を〈ブラック・プリンセス〉のリーチ大佐に譲与する。総員、職責を果たせ。ゴッド・セイブ・ザ・キング……』

それは〈キング・ジョージ五世〉からの訣別電報であった。

たしかに旗艦は虫の息であり、微妙すぎるバランスで浮いているだけだ。機銃弾一発で横転しそうな雰囲気だった。

彼女の最期は唐突に訪れた。

艦の中央に生じた炎が火球めいた大きさにふくれあがり、風船のように弾け飛んだ。船体が無様に折れ、洋上に横倒しになった。新鋭戦艦が息絶えたにしては、あまりにも見苦しい反応であった。

一方、強敵〈ビスマルク〉も瀕死状態だった。火砲を封じられた結果、軽巡四隻および駆逐艦一二隻からなる水雷戦隊の接近を許し、魚雷三本を右舷に食らってしまったのだ。

この状況でイギリス駆逐艦隊は、三空母喪失の埋め合わせをするかのように縦横無尽の活躍ぶりを示した。〈ビスマルク〉のみならず、半死半生の〈シャルンホルスト〉にも引導を渡したのは、特筆されるべき戦果であろう。

しかし、〈ブラック・プリンセス〉のブリッジは暗く沈んだままであった。リーチ艦長の心も晴れることはなかった。無理を承知で前進していれば、あるいは〈キング・ジョージ五世〉の喪失は避けられたかもしれないと。

三番艦〈マジェスティック〉と四番艦〈ブラック・プリンセス〉は旗艦の一万二〇〇〇メートル後方に位置しており、戦線参加が遅れていた。乱戦のさなか、飛び込むタイミングを計りかねて戦機を逸してしまった。艦の安寧《あんねい》こそ確保できたものの、自慢にはならない。

しかし、迷いわずらう時間はなかった。角を突き合わせるべき脅威対象が迫りつつあったからだ。

「敵大型艦二隻を確認。距離二万五〇〇〇。急速接近中！」

すぐさま貞海中佐が、観戦武官としての意見を述べた。

「日本が輸出した紀伊型戦艦でしょう。〈紀伊〉と〈尾張〉です。別に身贔屓《みびいき》するわけではありませんが、〈ビスマルク〉を超える強敵かと」

リーチ艦長も頷いて言った。

「貴官の説明に間違いはあるまい。だが、本艦と〈マジェスティック〉は連中よりも後に造られた日本製戦艦ではないか。新しいものが強いに決まっている。そうだろう？　そうだと言ってほしいものだ」

　通信長が甲高い声で報告した。

「艦長、〈マジェスティック〉より連絡。発砲はまだかと言っています」

「さっさと撃てと言え。事前協議どおり貴艦が敵の先頭を、こちらは二番艦を叩く」

　攻撃命令を待ちかねていたのだろう、かつて〈駿河〉であった大戦艦は、保有する四連装三基一二門の四一センチ砲を盛大に撃ち放ったのである……。

　戦艦〈駿河〉は、八八艦隊計画・第四期に建造された紀伊型の三番艦とされているが、それは形だけのものとなっている。実際は新型艦と評価すべきフネだ。

　この紀伊型には明確なライバルが存在した。

　八八艦隊計画の対抗馬であるダニエル・プランで建造されたアメリカ戦艦〈サウスダコタ〉がそれである。三連装の四〇・六センチ砲を四基も搭載する強力な戦艦だった。

　もともと紀伊型は戦艦〈加賀〉の強化版となる予定だった。しかし、連装五基一〇門では〈サウスダコタ〉に撃ち負けてしまう公算が大きい。

　急遽、再設計が行われたものの、一番艦〈紀伊〉と二番艦〈尾張〉は時間的に間に合わなかった。そこで予算確保がもたついていた三番艦〈駿河〉と四番艦〈近江《おうみ》〉を大改造する案が通過した。

　最大の特徴は四連装砲塔の採用である。

四一センチ砲を幅広の砲台に押し込み、それを艦首に一基、艦尾方向に二基備え、合計一二門を搭載したのだ。

　全長二七八・三メートル、基準排水量五万七〇〇トンと巨大化したが、機関出力も一五万馬力にパワーアップしたため、速度は三〇ノットを確保できた。

　砲力はサウスダコタ型と同程度だが、速度は七ノットも速い。これで、日米戦艦対決が勃発したとしても国防は成るだろう。

　しかし、〈駿河〉は完成後二年でイギリスに売却されてしまった。実質的には就役前から身売りが決定していたようなものである。

　日本海軍は〈近江〉だけは死守したものの、財務省はそれも売り払えと矢の催促であった……。

＊

「イギリス戦艦発砲！　敵弾、来ますッ！」

　ドイツ戦艦〈プリステル・ヨーン〉の首脳陣は、その報告に身を固くした。

　これまで旗艦〈ビスマルク〉の右舷後方に位置しており、〈キング・ジョージ五世〉らしきフネに砲撃を試みたが、命中弾を得なかった。

　当面の脅威対象が相撃ちという恰好で排除されたあと、別の標的を求めて前進した彼女は、新顔のイギリス戦艦二隻を発見したのだ。

　主砲発射の火焔から、敵艦が四連装の主砲を持つ大型艦であることは判明していた。独特の前檣楼から判断し、〈マジェスティック〉である可能性が高い。

　相対距離二万二五〇〇。戦艦同士の殴り合いでは中距離に該当する間合いである。

艦長のオットー・チリアックス大佐は表情をこわばらせたまま、こう告げた。

「因縁だな。本艦の旧名は〈紀伊〉であり、やつの旧名は〈駿河〉だ。あの英戦艦は〈プリステル・ヨーン〉の妹なのだ。イギリス海軍は〈マジェスティック〉と名を変えたようだが」

直後、艦の進行方向に水柱が生まれた。

「見よ。初弾が当たるものか。敵も日本製の戦艦だが、操っているのはイギリス人なのだ。水柱が消えると同時に本物の砲術を教育してやれ！」

過信に基づいた言い草であったが、現実は艦長の台詞のまま動いた。戦艦〈マジェスティック〉の放った主砲弾はすべて遠弾となり、海水の束を屹立させただけで終わった。

すぐさま反攻の烽火があがった。〈プリステル・ヨーン〉は連装五基一〇門の四一センチ砲を咆哮させ、火弾を中空に放ったのだ。

後の先を取った。これで勝てる。

チリアックス大佐は確信した。彼は開戦直前に〈プリステル・ヨーン〉を任されており、一一月には少将昇進と地上勤務の打診を受けたが、それを拒絶してまでフネに居座っていた。

出撃が迫るなか、自分以外の者に〈プリステル・ヨーン〉は任せられない。そうした過剰なまでの責任感が一八八八名の乗組員に伝播したのか、この場面で得点を稼いだ。

第二射で早くも直撃弾一発を与えたのである。敵艦の小高いマストの基部に炸裂した主砲弾は、貫通こそしなかったものの、大規模な火災を引き起こした。

「見たか、ジョンブルめ！　砲とはこうして使うものよ！」

チリアックスが述懐したように〈プリステル・ヨーン〉の前身は、日本戦艦〈紀伊〉であった。

八八艦隊計画で考察するなら、長門型、加賀型、天城型に続く紀伊型のネームシップだ。

全長二五二・一メートル、常備排水量四万二六〇〇トン、最高速力二九・七五ノット。主砲として四五口径四一センチ砲を二連装五基一〇門搭載している。

艦名の〈プリステル・ヨーン〉は、英語にすれば〝プレスター・ジョン〟である。

東方に存在すると夢想されていた伝説の王だ。キリスト教を信仰し、畏怖すべきモンゴル《タルタル》人を打ち破る非実在の英雄であった。

同型艦〈尾張〉もドイツが競り落とし、艦名は〈ワールシュタット〉と改められた。

それは七〇〇年前、ヨーロッパ制圧を企むモンゴル軍と、それを迎え撃たんとしたポーランド・ドイツ連合軍が激突した戦闘の俗称である。

勝負はモンゴルの大勝利だった。指揮官だったポーランド王ヘンリク二世も戦死したが、ドイツ騎士団は序盤と撤退戦で存在感を示した。

オゴダイ・ハーン病没の知らせが届き、モンゴル軍は撤収した。だが、ナチスの歴史修正主義者はドイツ騎士団が野蛮人を撃退したと強弁し、それを定着させるため、あえて戦艦の名に〈ワールシュタット〉を採用させるべく動いたのだった。

この二隻の性能に評価を下したヒトラーは三番艦と四番艦も買えと命じたが、イギリスが外交術の限りを尽くして妨害したため、かなわなかったのである……。

「敵二番艦に着弾を確認。〈ワールシュタット〉の射撃です！」

再びの吉報に〈プリステル・ヨーン〉の熱気はいちだんとたぎった。

報告に間違いはない。二隻連なるイギリス戦艦は、両艦とも炎上している。

チリアックスはツァイス製の夜間兼用双眼鏡を覗き込んだ。〈ワールシュタット〉が火弾を叩きつけた相手が燃えており、その主砲が連装砲塔であることが見て取れた。

「あれは〈ブラック・プリンセス〉だな。主砲を四一センチ連装砲塔四基八門で我慢し、そのぶんスピードに特化した高速戦艦だ。三七ノット発揮可能という噂もあったな」

イギリス海軍が富士型巡洋戦艦を購入した事実はドイツも察知していたが、別に強敵とも思えなかった。砲撃戦で速度が武器にならないのは、ユトランド沖で実証済みだ。

また、あの大海戦では〈ブラック・プリンセス〉に酷似した艦名を持つイギリス装甲巡洋艦〈ブラック・プリンス〉が沈んでいる。先達《せんだつ》の後を追わせてやるのが慈悲だ。

高ぶる己の精神を鎮めるためにチリアックスは言った。

「あまりはしゃぐな。本艦の装甲値を知っているだろう。敵艦もそれと同一の堅さを持っているのだぞ。簡単に致命傷を与えることはできん。さらなる直撃弾を浴びせてやらねば……」

砲撃続行を命令しかけた刹那《せつな》であった。背後に朱色の輝きが走った。

「直撃弾！〈ワールシュタット〉に複数の直撃

弾を確認！」

さすがはロイヤル・ネイビーであった。損害に怯《ひる》むことなく反撃に着手し、たちまち報復を成し遂げたのだ。

だが、チリアックスは悲観しなかった。敵艦が日本からの輸入戦艦であるならば、搭載砲も同じ四一センチ砲のはず。装甲値を信じる限り、損害は生じても致命傷にはなるまいと。

砲門数が多いだけイギリス有利に働くかもしれないが、先手を取ったのはこちらである。いざとなれば〈プリステル・ヨーン〉単独でも勝機は見出せよう。

だが、しかし——。

爆炎が薄らぐにつれ、〈ワールシュタット〉の様子が夜目にも明らかになってきた。総員の興奮が一気に醒めていく。生半可な損傷ではないことが一目でわかったからである。

旧〈尾張〉の上部構造物は、根こそぎ破壊されていた。七脚檣の前部艦橋、湾曲した第一煙突に細身の第二煙突、マストと一体化した後部艦橋といった代物は、すべてが消滅していた。

主砲塔は五基とも無事だったが、もう射撃など期待できる有様ではない。

場違いにも、チリアックスはこんな夢想に身を委ねるのだった。仮に寄港がかなったならば、あのフネはごく短期間で航空母艦に改造できるのではなかろうか？

思えば〈ワールシュタット〉とは〝死体の山〟を意味している。艦内は水兵たちが死体となって折り重なっていることだろう。

「なんたることだ！　あの破壊力は段違いだぞ。敵弾は四一センチ砲ではない。それ以上の艦砲を搭載しているというのか！」

＊

秘中の秘であったが、イギリス戦艦〈ブラック・プリンセス〉の搭載砲は四一センチ砲ではない。

信濃富士とも呼ばれる長野県の黒姫山——その名前を頂戴した巡洋戦艦〈黒姫〉には、八八艦隊計画の掉尾を飾るに相応しい強力な火砲が備えつけられていたのである。

六年式四五口径四六センチ砲だ。〈黒姫〉は富士型巡洋戦艦の四番艦であり、このタイプは四六センチ砲が標準装備されていた。

別名〝十三号型〟としても伝わる富士型巡洋戦艦であるが、設計は二転三転した。

過去に実績のある四一センチ砲で堅実さを求めるべきか？　それとも先を見越して四六センチ砲の冒険をするか？

有力候補は四一センチ砲を採用し、これを二連装砲塔一基と四連装砲塔三基でまとめあげるという案だった。これで一四門装備可能となり、紀伊型の一二門を凌駕できる。

大正五年に四八センチ砲の試作が失敗に終わるや、流れは四一センチ砲に傾いた。

しかし、相つぐ戦艦売却という現実が富士型の運命を変えた。譲り渡した軍艦が牙を日本に向けないと誰が言い切れようか。ならば紀伊型までの各艦を絶対に撃破できる巨砲が必要だ。

そうした意見が主流となり、四六センチ砲の採用が決定した。

具体的には二連装砲塔を四基備えるというオーソドックスな形となった。意図せずして八八艦隊の最後のフネは、いちばん最初の長門型に似たシルエットとなったのだ。

基礎設計は紀伊型のそれが流用された。全長は二七八・三メートルと同一で、基準排水量も五万一二〇〇トンと若干増えただけである。

対外的には四一センチ砲を積み、三五ノットで突っ走る超高速戦艦と発表されていたが、本当は砲戦力で世界最強を目論んだ軍艦であった。

ただし財政悪化にともない、富士型自体が三隻も売り払われたのは、国際政治における大いなる皮肉であったが……。

「本艦の砲弾が敵二番艦に命中。少なくとも大破した模様！」

捷報が〈ブラック・プリンセス〉のブリッジに流れたが、リーチ艦長に喜ぶ余裕はなかった。

先ほどの被弾がこたえていたのである。

ドイツ戦艦〈ワールシュタット〉の放った四一センチ砲弾が一発、艦中央で爆発していた。カタパルトが粉みじんになり、副砲が二門、沈黙を強いられた。消火活動も現状では難航している。

「サダウミ中佐、本艦は鉄壁の防御力を誇ると、日本人の造船技師が話していたが、あれはリップサービスにすぎないのかね」

艦長の不平に観戦武官は応じた。

「本艦の装甲は対四六センチ砲弾ではなく、対四一センチ砲弾を想定しております。この距離でも耐えきった事実を褒《ほ》めてもらいたいですな。

それより一刻も早く敵一番艦への報復攻撃を。やつさえ潰せば我らの勝利となり、本艦が沈めばドイツの勝利。違いますか？」

違わなかった。主砲を豪快に発射できるのは、もはや〈ブラック・プリンセス〉だけだ。

先頭の〈マジェスティック〉は荘厳《マジェスティック》という艦名には似つかわしくない状況にまで落ちぶれていた。艦橋基部に大火災が生じ、第一砲塔が旋回不能だ。後部二基の主砲は射撃を続けているが、射撃制御盤がやられたのか、命中弾は期待できそうにない。

軍帽をかぶりなおしてリーチ艦長は言った。

「東洋人に言われるまでもないぞ。命令。本艦は全火力をもってドイツ旗艦を叩く！」

それから八分間続いた戦艦同士の死闘は、英独砲撃戦のクライマックスを飾るに相応しい殴り合いとなった。

先に打撃を与えたのは〈プリステル・ヨーン〉であった。放った四一センチ砲弾が〈ブラック・プリンセス〉の後甲板に命中し、遮風板を跡形もなく吹き飛ばした。

業火が第四砲塔を炙《あぶ》り、その測距儀を使用不能とした。また、揚弾筒が機能不全となり、装弾に三倍の時間を要するようになってしまった。

負けじと〈ブラック・プリンセス〉も反撃に転じたが、煙幕の間に身を隠す〈プリステル・ヨーン〉を捉えきれなかった。彼女には284型主砲射撃レーダーも新設されていたが、衝撃でとっくに使い物にならなくなっていた。

その隙を見逃さず、〈プリステル・ヨーン〉は次弾を放った。またしても直撃だ。

今度は第一砲塔の側面だった。四五〇ミリの主砲前楯は、どうやら衝撃に耐えたものの、砲座の旋回盤が歪んでしまい、以後は使用不能となった。

状況はドイツ優勢に傾いたが、逆転を呼ぶ一発が〈プリステル・ヨーン〉の艦尾に炸裂した。

帆船時代からの名残として、軍艦は最後尾に長官室が設けられていることが多い。紀伊型戦艦もまた然り。

そこを直撃した〈ブラック・プリンセス〉の主砲弾は、艦尾をねじ切った。二枚の釣合式舵が海底に沈み、ここに〈プリステル・ヨーン〉は操舵不能に陥ったのである。

四六センチ砲弾の破壊力が敗色を一掃した瞬間であった。

勝負はこれにて決した。酩酊者のように艦首をめぐらすだけの状態では、命中弾など期待できるはずもない。

スクリューは四軸ともまだ動いたため、回転数を調節すればどうにか操艦はできるが、戦闘続行は無理だった。〈プリステル・ヨーン〉は煙幕を幾重にも展開し、逃走に入ったのである。

＊

「敵艦が……〈紀伊〉が逃げる」

貞海中佐が感無量といった面持ちでそんな台詞を絞り出した時、リーチ艦長はある誘惑に抗《あらが》い続けていた。

できれば追撃し、撃沈まで追い込みたかった。弱り果てた相手に鉄槌を食らわし、二度と浮いてこない深みに蹴りこみたかった。

しかし、冷静に損得を考えれば、ここが引き際だろうと理解できた。

「現時点をもって砲撃戦を終了し、母港へ寄港する。航海長、明日の夜明けまでにドイツ空軍機の行動範囲を出たい。その針路を策定してくれ」

砲術長のエドワード・プランタジネット中佐が、

「艦長！　追いましょう！　ヴィルヘルムスハー

フェンに逃げたのであれば、街ごとやつを屠る好機かと判断します！」

と噛みついたが、リーチは首を横に振った。

「罠にはまった事実を忘れるなよ。ここに長くはいられない。夜間空襲の危険もあるからな。

仮にF部隊が全滅するようなことになれば、勝利を喧伝できない。国民には捷報という甘い果実が必要なのだ。戦争を続けるためにも、終わらせるためにもな」

不意に横から貞海中佐が告げた。

「正しいジャッジです。しかしながら一言だけ。転針する僚艦の安全性を確保するため、まだ戦える本艦が危険を一手に引き受ける必要があるのでは？」

傷が浅い〈ブラック・プリンセス〉が殿艦《しんがりかん》として撤退の後始末をする。それ自体は常道だが、具体性の見えない進言であった。

「聞こうか。従軍武官の意見を」

「敵の拠点を襲撃し、耳目《じもく》を引きつけるのです」

そう言って貞海中佐は、海図の一点を指さした。

沖合約六〇キロに孤島が描かれている。

その名はヘルゴラント島であった……。

7　独裁者もまた死す

——同日、深夜一一時五〇分

ドイツ北西部の北フリージア諸島に位置しているヘルゴラント島は、昔から海上交通では存在感抜群の要衝であった。

かつてはデンマークやイギリスが支配していたが、一八九〇年に正式にドイツ領となり、軍港としての整備が始まった。第一次世界大戦後、施設は破壊されたものの、ナチス政権はそこを新たな根拠地とすべく工事を推し進めていた。

　一九三九年初夏の段階で軍用滑走路とUボート基地が完成し、全島が要塞化されていた。

　そして、この夜——彼はそこにいたのだ。

　第三帝国総統アドルフ・ヒトラーは、ヘルゴラント島に新設された総統大本営《FHQ》〝ゼーレーヴェ・シャンツェ〟で前線指揮を執っていたのである。

　身の安全を確保することに執念を燃やすヒトラーであったが、最前線を忌避する腰抜けでは断じてなかった。

　衆人が呆れるまでに合理的な思考ができる彼は、イギリス艦隊を殲滅《せんめつ》できる機会を逃すまいと奸計《かんけい》をめぐらした。

　己の影武者をヴィルヘルムスハーフェンまで送り込み、その一報を諜報員にリークさせてイギリス艦隊を吸引する。単純ながら安価で実施でき、効果が見込める隠謀だった。

　また、ヒトラーが望んでいたのは対ソ戦線の構築であり、それには英仏との和平が必要だ。

　頑迷なロンドン政府の目を醒まさせるには、洋上戦力への打撃が必須である。その作戦をヒトラー自身が最前線で仕切っていたと知れば、英仏国民たちの戦意喪失は必然であろう。

　不安など微塵もなかった。

　掩体壕《ブンカー》は戦艦砲で撃たれても耐えられるし、そもそもヘルゴラント島へ敵艦が来る可能性は皆無だ。チャーチルの狙いがヒトラー爆殺にある以上、火砲が向けられるのはヴィルヘルムスハーフェンなのだから。

　そのはずであった……。

「手ぬるい。〈プリステル・ヨーン〉と〈ワールシュタット〉は、なにをやっている。イギリス艦隊を取り逃がしたのではあるまいな！」

激怒しつつヒトラーが叫ぶも状況は動かない。正確には、動かす原動力たる情報が入ってこないのだ。これでは手の打ちようがない。

「ヴィルヘルムスハーフェンも阿呆ぞろいだな。レーダーとゲーリングは寝ているのか！」

大乱戦であることは察しがついた。戦果は大きいが、損害も甚大な様子だ。しかし、一時間にわたって戦況の入電がないのは異常だった。

ヒトラーの怒りの矛先は、やがて別方向へと向けられた。

「日本人め。我がドイツにだけ戦艦を売っておればよいものを、恥知らずにも仮想敵国のイギリスにまで提供するとは、武器商人の道を究めるつもりか。

お陰でヨーロッパの武力的均衡が崩れた。開戦の遠因を作ったのはやつらだな。最近は空軍まで編制し、軍用機の輸出まで始めたぞ。まったく物真似だけは世界一だ」

かつて自らの判断で日本と距離を置く決断を下したことなど、ヒトラーの脳髄からはすっぽりと抜け落ちていた。

当初、ヒトラー総統は日独同盟に意欲を燃やしていたが、戦艦主砲弾の購入金額をめぐる軋轢《あつれき》からその熱は醒めていた。

ドイツ海軍は伝統的に金属薬莢を用いた莢砲《きょうほう》を採用していたが、日本海軍はイギリス式、すなわち嚢砲《のうほう》を使っており、互換性はなかった。

改造も考えたが、砲身はデリケートである。砲弾と装薬を分離させる方法で射撃が行われる大砲に無茶をさせれば、不具合が頻発しよう。

　仕方なく砲弾関連一式を購入することになったが、日本は毎年のように値上げを要求し、それがもとで日独関係は冷え込んでいたのだった。

「そもそも東洋人の分際で、平和の祭典を開催したいだと？　身のほど知らずの愚か者めが。日本人にオリンピックなど開催する資格なし！」

　そう言った直後であった。遠雷めいたノイズが掩体壕《ブンカー》をわずかに震わせた。ややあって筆頭秘書官が走り込んできた。

「総統、南方より敵戦艦一が接近中であります」

　居合わせた側近たちに動揺が走ったが、ヒトラー自身は落ち着き払った素振りで告げた。

「なにを恐れることがある。敵が攻め寄せれば、これを撃退するまで。Uボートを出せ。攻撃機をすべて発進させよ。

　それから、敵艦の接近を許したレーダーから元帥杖を取り上げろ！」

　その直後であった。

　地震と落雷と火山爆発を一緒くたにしたような大音声が掩体壕《ブンカー》を揺るがした。

　天井が倒壊し、瓦礫《がれき》が降り注いできた。頭蓋に熱い塊が激突して視界が暗くなった。

　ここにアドルフ・ヒトラーは、永遠にきわめて近い眠りへと追いやられたのである……

＊

　時計の針は深夜一時になろうとしていた。

　イェファー航空基地には雷撃装備を終えたユンカースJu88が二四機待機中であった。だが、発進する気配はない。

　日本空軍中佐の阿光陸彌は、輸出した九一式航空魚雷の実地試験に同行を許され、ベルリンからここまで身を運んでいた。可能ならば第一波の出撃に同乗したかったが、Ju88は四人乗りであり、阿光の席はなかった。

それにしても妙だ。予定されていた夜間雷撃隊の出撃が遅すぎる。

この飛行場からヴィルヘルムスハーフェンまでは指呼《しこ》の間だ。あの軍港に一撃を食らわせたイギリス艦隊は、ドイツ戦艦と撃ち合いになり、打撃をこうむったという。

阿光は第一波攻撃隊を率いていたアレックス・ブラント少佐の姿を見つけると、強引に問い糺《ただ》すのだった。

「いまならば死に体のイギリス艦隊を撃破できるのに、どうして出撃しないのだろう?」

大使館付きの通訳が相手の意志を伝えてくれた。

「発進命令が出ないのだ。こちらも当惑している。噂では上層部に異変があったようだが、貴官はなにか聞いていないか」

兵器販売先の内情など知りうる立場にないが、阿光中佐には予想と予感があった。視線を暗い海へと投げる。その先にいるはずだ。公現祭の夜の戦いの青写真を描いた海軍中佐が。

阿光は日本語でこう呟くのだった。

「あいつだ。貞海中佐がなにかやらかしたに違いないぞ。今夜の戦闘は、やっと昭和尚歯会の意向に沿っている。きっとそうだ……」

第4章 オリンピック作戦、発動！

1 首相演説

――一九四〇年（昭和一五年）一〇月一九日

《……陰惨な戦争の季節はすでに終わりました。喜ばしいことに、人類は平和を享受できる時代と環境を手に入れたのです。

天の手助けも皆無ではないでしょう。ですが、戦争を始めたのは神仏ではなく人間であります。そして終わらせようと決断し、行動したのもまた人間なのです。

欧州大戦争は今年二月一一日に停戦とあいなりました。開戦はまことに遺憾でありましたが、実質五ヶ月で銃声が聞こえなくなったのは欣喜《きんき》の極みであります。

その際、我が日本が英独講和の仲介役となり、講和交渉の一端を担ったことはご承知のとおりでありますが、真に賞賛されるべきは、停戦の決断を下したイギリス首相のネヴィル・チェンバレン氏、ならびにドイツ総統代理のヘルマン・ゲーリング氏でありましょう。

戦争は始めることよりも終わらせることのほうが一〇倍は困難であります。再度の世界大戦ともなりかねない戦乱の矛を収めた英独指導者の政治的手腕は、やはり評価すべきです。

歴史書をひも解きますと、古代オリンピックは国家間の代理戦争であると同時に、戦争を一時的に中断させる装置としての役目もありました。

我らは、それを学び取るだけではいけません。近代オリンピックは一時的にではなく、永続的に平和を習得する好機にしなければ。

そうです。民族の祭典でもなければ、国威の祭典でもない。平和の祭典なのであります。

私《わたくし》こと高橋是清は大日本帝国総理大臣として、ここに第一二回夏季オリンピックの開催を宣言するものであります……》

＊

「チーマ艦長、写真で見る限りですが、コレキヨという日本人《ジャポネーゼ》はかなりの年輩みたいですね」

イタリア王国海軍技術大尉テセオ・テゼイは、七日前に香港で買ったガゼッタ・デロ・スポルト紙の翻訳記事を指さして言った。

「禿《は》げていて、ヒゲを生やして、おまけに太っている。まるでサンタクロースか達磨《だるま》です。こんな老人を総理大臣にしなければならないほど、日本政界は人材が尽き果てているのでしょうか」

戦艦〈マルコ・ポーロ〉艦長のアドーネ・デル・チーマ大佐は、朝食のパスタ・サラダの器を脇に押しやりながら言った。

「外見や年齢に惑わされちゃいかん。スィニョーレ・タカハシは八七歳だが、財政破綻した日本を立て直した金融の鬼なのだよ。

彼の手腕は〝ダルマノミクス〟と呼ばれ、各国の経済学者から研究対象になっているほどさ。東京オリンピックを開催にこぎつけたのも、彼のリーダーシップがあったればこそだ」

テゼイ大尉は肩をすくめて言った。

「政治家の個性が国家の命運に直結するなんて、まるでローマ帝国ですね。我々は本当に二〇世紀に生きているのでしょうか」

「我らの統領《ドウーチェ》は新ローマ帝国を夢見ておられたではないか。欧州戦争が一段落してしまい、それは本当に夢になってしまったがな。

祖国イタリアが参戦する機会は失われた。まさかあれほど簡単にドイツが講和に応じるとは」

「やはりヒトラーは死んだのでしょうか」

「ドイツがひた隠しにする最高機密だぞ。俺が知っているはずがないだろう。

表向きは静養中となっているし、写真も公開されているが、影武者の可能性も高い。いずれにせよ、国政に参与できる状態でないのは確かだな」

「休戦の立役者となったイギリスのチェンバレン首相も具合が悪いそうですね」

「ああ、入退院を繰り返している。もしチェンバレンの身に万一のことがあれば大変だぞ。タカ派のチャーチル海相は、事あるごとに『ドイツ打つべし』と叫んでいるからな。

我がイタリアにとってはヨーロッパの安寧こそ望むべき現実だよ。陸海空の三軍を動かす準備が、まるでできていない。特に海軍が酷すぎる。本艦〈マルコ・ポーロ〉が活動できたのは、日本製だったためだ……」

彼らの座乗する戦艦〈マルコ・ポーロ〉だが、その前身は〈天城〉であった。もちろん、八八艦隊計画の一角を形成していた天城型巡洋戦艦の一号艦である。

外見は大きく様変わりしてはいない。七脚檣の艦橋も、細型の二本の煙突もそのままだ。

ただし、対空兵器は格段に強化されている。高角砲としてアンサルド社製九〇ミリ単装砲を八基、六五口径二〇ミリ機銃を一六挺増設していた。

イタリア海軍が彼女を愛し、武装強化を惜しまなかったのは、その健脚に惚れ込んだからである。

カタログ上は三〇ノットとされていたが、それは太平洋での運用が前提であり、波の穏やかな地中海では三二ノット前後まで引っ張れた。燃費もよく、使い勝手のよいフネであった。

以前、イタリア海軍には同名の装甲巡洋艦が存在していたが、継承に反対意見はなかった。幻の国を目指したベネチアの旅行家も、そのジパングから来た軍艦に自らの名前がつけられたと知れば、きっと喜んでくれるはずだ。

ムッソリーニの野望は、〈マルコ・ポーロ〉を軸に水上砲戦部隊を整備し、英仏艦隊を排除して地中海の制海権を握ることにあった。

だが、参戦のタイミングを逃したのは痛手だった。統領にとっても、ヒトラーという要素が不意に消える事態など想像もできなかったのだ。

自らの存在感をアピールするため、次にムッソリーニは英独和睦の音頭を取った。武器商人国家の誹《そし》りを払拭《ふっしょく》したい日本政府も同調し、結果的に日伊関係はより深化し、好転していった。

ヨーロッパ勢では最大規模の選手団を東京オリンピックに派遣し、表敬訪問の一環として戦艦〈マルコ・ポーロ〉を差し向けたのは、両国の蜜月関係を示す物的証拠であろう……。

「イタリア選手団激励のためとはいえ、本艦の来日をこのタイミングで認めてくれるとは、日本人は豪胆ですな。彼らにとって〈マルコ・ポーロ〉は鼻白む存在なのでは？」

テゼイの疑念にチーマ艦長は答えた。

「それが違うらしい。東洋人の思考回路は色々と複雑なのだ。彼らにしてみれば本艦は身売りされたのではなく、嫁に出したような感覚だそうだ。来日は帰郷と同じだとさ。

現に、リオグランデ沖海戦で大破したフランス戦艦の〈エトランジェ〉も、修理と主砲換装のためクレ軍港に戻っているぞ。修繕費はしっかり取るところは、日本人らしいがね」

「ガゼッタ・デロ・スポルトの国際欄によれば、アメリカも購入済みの戦艦をヨコスカに派遣したようですね。

日本側が用意した選手村では安全を確保できないから、軍艦を洋上ホテルとして使用しているとか。臆病なのか、用心深いのかわかりませんな。

それにしても平和を確実なものとするための祭典とは、実に素晴らしい。僕も一〇歳若ければ、水泳選手として参加したのですが。

こう見えても、潜水には自信があるのですよ。ベルリン大会じゃイタリアは水泳のメダルがゼロでしたから、今度こそ頑張ってもらわなければ」

快活な調子でテゼイは言った。

彼が来日した目的は、新型魚雷購入に関する事前協議に出席することにあったが、オリンピック観戦のスケジュールもしっかり組み込んでいた。

チーマ艦長は苦笑しつつ話した。

「君のように純粋にスポーツを楽しめる者ばかりであればいいのだがな。俺もオリンピックの精神に基づこうとするタカハシ総理の考えは正しいし、貴いと思うぞ。

だが、こういう状況こそ実は危ない。戦争とは、誰もが起こるはずがないと考えている時に起こるものだ。

ヨーロッパが平和になった反動で戦火がアジアに飛び火しないか不安だよ。特にアメリカ合衆国の動向が気になる。

三四歳の若さで大統領に自動昇格した男が、あれほど単純な好戦的右翼だったとはな」

「今年の三月にアルフレッド・ランドン大統領が病死し、副大統領のフレッド・トランプが繰り上がったのでしたな。政治家経験も軍隊経験も皆無の成金がいきなりトップとは、衆愚政治もここに極まれりです」

テゼイ大尉がそう言った直後、通信室から報告が入った。

『ヨコスカ軍港から入電です。正式な入港許可の連絡を頂戴しました。予定どおり、本日午前一一時に到着予定です』

チーマ艦長は時計を眺めると神妙な面持ちで、

「一一時では遅すぎる。航海長に二八ノットまで増速させ、入港を早めなければ」

と言った。テゼイはすぐさま問い返す。

「それでも三〇分程度しか縮められません。急用でもおありですか」

「今日は一七日だ。陸上の男子マラソンが一二時スタート予定なのだ。あれだけは生で観たい」

2　車椅子のアスリート

——同日、午前一〇時一五分

『……レースは早くも終盤です。四二・一九五キロを走り抜けてきた選手たちが、あと少しでゴール地点の東京国際飛行場、すなわち羽田空港へと到着する予定であります。

見えてまいりました。先頭を駆けるはアメリカ選手団の最年長選手であります。ペースはさすがに落ち、もはや青息吐息。しかしながら、五八歳という年齢を考えれば充分壮健であります。

現在、トップを独走中。優勝はほぼ間違いないでしょう。こうなれば、興味は四時間の壁を破れるかどうかに移ってまいりました。

最後の直線に入りました。あと五〇メートル。ルーズベルト、頑張れ！　フランクリン・ルーズベルト、頑張れ！

あと一〇メートル……五メートル……いまゴールイン。勝った！　勝った！　勝ちました！　ルーズベルト、勝った！

お待ちください。正式なタイムが出たようです。記録は……三時間五九分五五秒！　なんと四時間の壁を破りました！

四年前まで大統領だった還暦に近い男が、車椅子マラソンとはいえ、堂々の金メダル獲得であります。人間やればできる！　人間万歳！』

河西三省《かさいさんせい》がラジオで絶叫していた。前回のベルリン・オリンピックにおける「前畑《まえはた》、頑張れ！」で一躍有名になったアナウンサーである。

デルコ・エレクトロニクス社製のカーラジオでその放送を聞いていたのは、アメリカ海軍中将のアーネスト・J・キングであった。

彼は日本語をまったく解さなかったが、固有名詞からルーズベルトが勝利を収めたことは理解できていた。

ならばアメリカ選手団団長として会わないわけにはいかない。あっさり負けてくれれば、ヨコスカ基地に直行できたのに。あの爺さんも余計なことをしてくれたものだ。

キングは、ボディガードと運転手を兼ねる海軍二等曹長ジョージ・T・サリヴァンに命じた。

「ハネダ・エアポートへ一五分以内に到着しろ。男子マラソンが始まってしまえば、車も動かなくなるぞ」

開会式の一〇日前に東京入りしていたキングは、アメリカ本土から一九三四年型デソート・エアフローSEを持ち込み、足としていた。

経済発展のまっただなかにあるとはいえ、まだ東京の道路に車は少なく、スピーディーに動くには必需品だった。

専用車は円滑に進み、キングは一〇時四五分に羽田空港に降り立った。

九年前に逓信省管轄のもと、国営の民間専用飛行場として開港し、アジア各地と帝都を結ぶハブ拠点だ。

この日は二本の滑走路の片方を閉鎖し、マラソンコースのゴール地点として使用していた。ちなみにスタートは三鷹である。

無遠慮にマイクを向けるマスコミを適当にあしらいつつ、キングは合衆国選手団専用の特設テントへと向かう。風通しのよいそこで看護婦に汗を拭かせていたのは、元大統領のフランクリン・ルーズベルト本人であった。

「やあ、キング団長ではないか。わざわざ来てくれるとは嬉しいね」

勝利の余韻を味わうかのようにルーズベルトは言った。キングは海軍式敬礼でそれに応じる。

「金メダル獲得、おめでとうございます。車椅子マラソンは参考種目にすぎませんが、メダルの数をひとつでも増やすことが私の役目。それに協力していただけるとは感謝の極みです」

「二〇年近くも車椅子に乗っていれば、嫌でも扱いには長《た》けてくるよ。速く走れるタイプの見極めもうまくなったものさ」

　ルーズベルトは四〇歳を前にポリオに罹患し、その後遺症で日常生活は車椅子であった。四年前の大統領選挙で共和党のアルフレッド・ランドンに敗れ、政界を半ば引退した彼だが、医療行政にだけは情熱を燃やしていた。

　なかでもリハビリテーションの手段として、身障者のスポーツ参加には理解があった。陸上競技の一部に、車椅子選手の枠を設けるよう国際オリンピック委員会に強く促したのも、ルーズベルトであった。

　障害者を見世物にするなどの批判も強かったが、イギリスでは肢体切断者であっても積極的に社会参加をしている事実が広まるや、日本国内での風向きも変わった。

　結果として東京大会では、陸上とアーチェリーに車椅子の部を試験的に新設することになった。

　のちのパラリンピックの母体である。まだその名前はなく、参加選手も車椅子に乗る者に限定されていたが、ハンディキャップを持つ選手たちによる初の世界大会であった事実は揺るがない。

　ルーズベルトは看護婦を下がらせると、好物のホットドッグをかじりながら言った。

「それにしても選手層が薄すぎる。洒落で参加したこの私が一位とはな。もっとも、今後は参加者も増えるだろう。ヨーロッパの戦いでは傷痍軍人も多く出たと聞くしな」

　役人めいた堅苦しい顔つきでキングは言う。

「広告塔のあなたが優勝したのは少しばかり差しさわりがあるかもしれません。無責任なマスコミは出来レースだと書きたてることでしょう」

「トランプ大統領は全米の新聞とラジオを支配下に置いているからね。一一月の選挙を有利に進めるためには、私という存在が邪魔だ。印象操作はお手のものだろうな。

大統領の座に未練はないと何度表明してもいっこうに信じてくれん」

フレッド・トランプは弱冠三四歳で合衆国大統領にまで登りつめた現代のヒーローであった。

アメリカン・ドリームを実現した男と喧伝されているが、実際は金という万能兵器にものを言わせただけであった

造船工向けの住宅建設で財をなし、次いで不動産ローンの証券化システムを構築して巨万の富を築いた彼は、共和党のアルフレッド・ランドンに資金提供をもちかけ、代償として自らを副大統領に指名せよと迫ったのである。

リッチかつハンサムなトランプをランニングメイト(副大統領候補)に推挙した結果、ランドンは若者票の獲得に成功。一九三六年の大統領選挙で見事にルーズベルトを打ち負かした。

前政権のニューディール政策を部分的に受け継ぎながら、無難に国政の舵取りをしていたランドン大統領であったが、一九四〇年三月三日に不自然な死を遂げた。

表向きは脳溢血とされているが、暗殺説もささやかれていた。ランドンの死は秋の大統領選挙でトランプを副大統領から外すと表明した直後であり、彼の関与が疑われて当然であった。

議会と反目しつつも、フレッド・トランプは合衆国憲法の規定に基づいて大統領に昇格し、国政に従事していたのである……。

「思えば、トランプも気の毒な男かもしれないね。ろくな準備期間もなしに大統領に担ぎ上げられたのだから。大衆の耳目《じもく》を集めるには、過激な発言や政策をぶちあげるしかない」

ルーズベルトは、そこで声を一段階落とした。

「キング提督、君もトランプ大統領に命じられているんだろう。平和の祭典を打ち砕けと。すべての悪因を断ち切る一撃をトーキョーに与えよと」

想定外の台詞にキングは語調を乱すのだった。

「いやはや。金メダリストともなればジョークも一味違いますな。本職がここに来たのは……」

「私を回収して安全地帯に避難させるためだな。つまり、ここは戦場になるというわけだ。

ひょっとしてだが、私は優勝したからこそ要救助対象者に選ばれたのではなかろうか。リタイアでもしていたら、放置されたのではあるまいか。必死になってよかったよ」

観念したキングはこう切り出した。

「……どこまでご存じなのですか」

「計画名は〝オリンピック作戦〟らしいね。ヨコスカ停泊中の戦艦戦隊で輸送してきた海兵隊が主役だ。平和の祭典《オリンピック》を開催中のトーキョーを突き、首都機能を奪う。それも一五〇分という超短期決戦でな。

プラン自体は単純明快で結構。成功の可能性も高いだろう。だが、卑怯な不意打ちという国際的な非難に耐えきれるか？　どんな結果になっても、合衆国は悔いを一〇〇年後まで残すぞ」

「新たな国是は〝アメリカ・ファースト〟です。勝ってしまえば、なんとでも言いつくろいはできます。個人的見解はともかく、大統領命令には従うしかありません」

迷子になった子犬のような表情を見せたルーズベルトは、事務的な声でこう告げるのだった。

「ならば仕方ないな。私も合衆国市民として作戦の邪魔だてはしない。だが、ここからは動きたくないね。平和の祭典が地獄の饗宴になるをこの目で確認したいし、あのデソート・エアフローは車椅子対応じゃないんだろう?」

3 全機発進

――同日、午前一〇時二五分

合衆国海軍太平洋艦隊所属の航空母艦が三隻、八丈島の南一五〇キロの海域を北進中であった。

先頭からCV‐3〈ヨークタウン〉、CV‐4〈エンタープライズ〉、CV‐5〈ホーネット〉の三姉妹である。

日本海軍は、空母という新兵器の扱いに筋道を立てられず苦慮していたが、それはアメリカも同じであった。

実験艦としての側面が強かった初号空母のCV‐1〈ラングレー〉に続き、一九三四年にはCV‐2〈レンジャー〉も建造されたが、実戦投入はためらわれる性能でしかない。

一九三八年から毎年一隻ずつ完成したヨークタウン型は、なかなか正解を見出せずにいた合衆国海軍の妥協の産物であった。

全長二四七メートル、基準排水量二万八六〇〇トン、最大速力三二ノット、搭載機数は六四機。

サイズの割に目方が重いのは、飛行甲板の主要部分に六三・五ミリの装甲を張ったためだ。

　これはイギリスのイラストリアス型の影響であった。大艦巨砲の呪縛から抜け出せず、空母の数を増やせないのであれば、防御に注力して単艦の生存率をあげるしかない。

　三隻のヨークタウン型はタスクフォース12こと、第一二任務部隊に組み込まれ、第一二回夏季オリンピック大会に災いをもたらすべく、着々と準備を進めていたのである。

　旗艦〈エンタープライズ〉に将旗を掲げるウィリアム・F・ハルゼー中将は、腹の底から沸き起こる興奮を隠せずにいた。

　軍人として生き、軍人として果てることを望む闘将にとって、開戦に立ち会えるのは至福の瞬間であった。たとえそれが理由なき開戦であったとしても。

「艦長、最終確認だ。まさかとは思うが、攻撃中止命令は届いていないだろうな!?」

　空母〈エンタープライズ〉を切り盛りするジョージ・D・マーリ大佐は、すぐに対応した。

「ノー・サー。真珠湾《パール》のキンメル提督からは、いかなる電報も入っておりません」

「そうでなければいかん。一四八機の攻撃隊はすべて発艦準備を終えた。出かかった小便を止めるような真似だけはしてくれるなよ」

　宿願を口に出したハルゼー司令に、マーリ艦長が静かに告げた。

「しかし、宣戦布告なき開戦です。それもオリンピック開催中のトーキョーを攻撃するとは穏やかではありません。パイロットたちの間では、大統領命令を疑問視する声も強いようです」

「艦長がそんな態度では困る。いいか！　これは聖戦なのだ。

平和国家たる合衆国のルールを世界正義として全世界に流布させ、地球から戦争を一掃する。今回の〝オリンピック作戦〟は戦争を終わらせるための戦争なのだ！」

共和党が新聞に載せた宣伝を鵜呑みにしているだけだが、ハルゼーは自分が信じたい事実としてそれを受け入れていた。

「考えてもみよ。日本は経済破綻し、主力戦艦を売り払うという下策に出たのだぞ。そんな連中にオリンピックが運営できるものか。

現に日本国民は貧困にあえぎ、オリンピック反対のデモが国会を取り囲んだと聞いている。それなのにサンタクロースのような総理は開催を強行した。軍産複合体と癒着しているなによりの証拠さ」

ハルゼーの言い分は何重にも間違っている。

日本はすでに不況から立ち直っていた。それどころかオリンピック特需に沸き、四半世紀ぶりの好景気を満喫していたのだ。

首都幹線道路の整備、羽田空港の滑走路増設、大阪までの弾丸列車の開通。

こうしたインフラへの投資に巨額の予算が投じられ、不動産と建設業界の株価は連日最高値を更新し続けていた。

五輪に反対する勢力は官民問わず存在したが、いずれも少数派だ。世論を動かすまでにはいたっていない。大多数の国民はアジア初のオリンピックに熱狂していた。

そんな事実など承知していないハルゼーは、自分の弁舌にひたすら酔うのだった。

「オリンピックが始まって一週間か。ジャップも十二分に夢を見ただろう。やつらを身のほどの現実に引き戻してやるのだ。

我が合衆国海軍と海兵隊には、哀れな日本国民を強欲な政権と悪辣《あくらつ》な軍部から解放してやる義務がある。ああ！　まったく俺たちってなんて善人なんだろう！」

ハルゼーは気づいてもいない。自らがモスクワで全世界同時革命を目指す連中の代弁者になっている現実に。

副大統領から昇格したトランプ政権の閣僚には、ソ連政府と結びつきのある者が何人もいた。ワシントンDCに赤色の波が押し寄せているのは揺るぎない事実である。

意見する無益さを察したのだろう、マーリ艦長は淡々と連絡するのだった。

「司令、ちょうど時間となりました。攻撃隊発艦の命令を頂戴したく思います」

4　戦艦の里帰り

――同日、午前一一時五一分

この日この時、横須賀軍港には星条旗を掲げたアメリカ戦艦が四隻も投錨《とうびょう》中であった。

正確には全艦が巡洋戦艦だ。東京湾制圧という野心的プランを成功に導くには、スピードがなにより重要であった。

やや古めかしいCC‐1〈レキシントン〉に続き、CC‐4〈ディスカバリー〉とCC‐5〈エンデバー〉の姉妹が艶やかな姿を見せ、CC‐3〈コロンビア〉が最後を固めている。

いずれも第一三任務部隊に所属する巨艦だ。

四隻は表敬訪問および定期整備という名目で来日し、現在は代表選手団の洋上ホテルとして活用されていた。

選手村を用意していた日本政府としては面白い話ではないが、〈レキシントン〉を除く三隻が日本製とあっては、強く拒否はできない。

まず巡洋戦艦〈コロンビア〉だが、三菱長崎造船所で建造された天城型三番艦の〈高雄〉である。

サウスカロライナ州のコロンビア市ではなく、コロンビア特別区から頂戴した名であった。装甲艦や防護巡洋艦で同名の軍艦は存在したが、戦艦クラスでは初の採用である。

〈ディスカバリー〉〈エンデバー〉は富士型戦艦〈阿蘇《あそ》〉と〈浅間《あさま》〉のなれの果てだ。つまり、イギリス海軍の〈ブラック・プリンセス〉の姉にあたる。

艦名だが、〈ディスカバリー〉は一七世紀初頭に北米大陸への移民を成し遂げた船から、そして〈エンデバー〉はキャプテン・クックが愛用した帆船にちなんだものである。

いずれもイギリスに所縁《ゆかり》があるが、これは購入に際してイギリス海軍と競合になり、相手に一定の配慮が必要となったからだ。

アメリカとしては、対英関係を必要以上に破壊したくはなかったのである。

これら旧日本戦艦は、アメリカに身売りされたのち、数年ぶりの帰郷を果たしたため、横須賀では歓迎ムードが漂っていた。

また二日前には、病院船か洋上ホテルを連想させるシルエットの大型船が四隻、入港を許されていた。

皮相的な理由として、オリンピック選手たちの保養効率の改善を図るためとされていたが、実際は邪悪な企《たくら》みが包含されている。

その四隻が、計画を三年も前倒しして完成したアシュランド型揚陸艦であることに気づいた者は、まだ誰もいない……。

＊

「スプルーアンス提督、あと九分です。あと九分で本当に始まってしまいますよ！」

悲痛さすら感じさせる声でそう言ったのは、副官のビル・マコーミック大尉であった。

「我々は本当に平和の祭典をぶち壊しにするのでしょうか。これが本当に合衆国の進むべき道なのでしょうか！」

若き副長の声に、第一三任務部隊司令官のレイモンド・A・スプルーアンス少将は、悟りきった賢者のような声を出した。

「すべては国民の選択だ。ああした男を副大統領に選んでしまった我々のあやまちだな。私自身は民主党に投票したのだがね。

個人としてはやりたくないが、軍人としてはやらねばならん。シビリアン・コントロールが逆に作用するとは、我らは民主主義の負の限界に到達したのかもな」

スプルーアンスは美しい軍港を睥睨《へいげい》した。サンディエゴやパールハーバーと比較しても遜色のない施設が威容を示している。

もちろん、日本軍艦の姿もあった。

戦艦〈山城《やましろ》〉〈扶桑《ふそう》〉が並んで停泊中であり、その背後には〈伊勢《いせ》〉〈日向《ひゅうが》〉の姿も確認できた。

先ほど新たに戦艦が入港してきた。イタリア海軍の〈マルコ・ポーロ〉である。かつて〈天城〉と名乗っていた点からもわかるように、彼女は〈コロンビア〉の直系の姉であった。

　そして港ではなく、公園の片隅に固定されている記念艦が見えた。日本海海戦でバルチック艦隊を破った〈三笠〉だ。

　スプルーアンスは同じ戦艦戦隊を率いた先達《せんだつ》に大いに恥じ入るのだった。

　ロシア艦隊の針路を読み、堂々と迎撃戦を成功させたアドミラル・トーゴーが、我らの戦闘行動を目撃すれば、なんと言うだろうか？

　沈黙したままのスプルーアンスにマコーミック大尉が言った。

「司令、あと六〇秒です。ご命令を」

　逡巡と惨苦と生唾を呑み込み、スプルーアンスは命じるのだった。

「全砲門開け。四六センチ主砲、発射用意。本艦〈ディスカバリー〉の砲撃目標はハネダ・エアポートである。味方艦載機の空爆と呼応し、砲撃を開始せよ」

第5章 東京湾紅蓮地獄

1 虚飾の祭典

——一九四〇年（昭和一五年）一〇月

《……前代未聞の展開となった第一二回夏季オリンピックは、昭和一五年一〇月一二日（土曜日）に開会式が行われ、二週間で全競技が終了する予定であった。

夏季大会といいながら初秋に開催されたのは、酷暑と残暑の厳しい八月と九月を避け、選手と観客の負担を減らすためだ。

大会委員会の狙いは当たった。一九日の時点で陸上競技の多くが終了していたが、すでに新記録が続出していた。ここで大会の詳細を記すのは本意ではないが、概略だけ述べよう。

まず日本選手団が目標としていた世代交代だが、それは不首尾に終わった。地元開催にもかかわらず若手はあまり伸びしろを見せず、メダル獲得者はいなかった。逆にベテランが円熟味を発揮することになった。

一矢《いっし》を報いたのは棒高跳びである。二大会連続で銀メダルに終わった西田修平《にしだしゅうへい》が念願の金メダルを獲得したのが白眉だろう。

盟友の大江季雄《おおえすえお》が空軍に徴兵され、出場がかなわなかったため、彼の分まで奮闘したと西田はのちに語っている。

前半が陸上中心であり、後半は室内競技と球技、そして水泳が実施されることになっていた。公開競技ながら野球も予定されていた。

女子二〇〇メートル平泳ぎの兵頭秀子《ひょうどうひでこ》（旧姓前畑）など、メダルが期待されている選手も多い。

しかし中日《なかび》までに限れば、アメリカ勢が圧倒的な強さを見せつけていた。前回のベルリン大会でも圧勝したアメリカの黒人選手ジェシー・オーエンスが短距離走と跳躍でメダルを独占し、八〇〇メートル走の怪物ジョン・ウッドラフも無双ぶりを発揮した。

個人競技だけでなく、団体でもアメリカは無敵だった。戦争の影響だろうか、欧州勢の選手層が薄く、強力なライバルが少なかった点を差し引いても、強さは群を抜いていた。

これはフレッド・トランプ大統領の意向が反映された結果であった。

オリンピックで大勝利を重ね、国威発揚と支持率増加に繋げたい彼は、金色以外のメダルを持ち帰った選手には褒賞などなく、手ぶらで帰国したならサボタージュで罪に問うとまで言い切った。

選手強化には手段など選んでいられなかった。欧米側に有利なルール改正と審判員の買収、また幾人かの選手には、ソ連から密輸した違法薬物の投与さえ行われたようだ。

真偽はともかく、アメリカ選手たちは百戦百勝の勢いでメダルを量産していた。一九日の正午にスタートする男子マラソンで勝利すれば、陸上競技における有終の美を飾れる。そのはずであった。

だが、しかし——。

アメリカは自らの記録を破壊するちゃぶ台返し

の暴挙に出たのであった……。

かつて〝素晴らしき小さな戦争《スプレンディッドリトルウォー》〟と賞賛された戦いがあった。

たった三ヶ月で終了した米西戦争である。

それの強化再現を企んだアメリカであったが、開始された戦乱は〝みすぼらしい小さな戦争《スキャンティネスリトルウォー》〟として後世に記憶されることになった。

無謀なギャンブルに出たトランプ大統領であったが、戦後の回想録によれば、西安《シーアン》教団なる秘密結社に誘惑されたと告解している。

大アジア主義を標榜する政治団体の玄洋社《げんようしゃ》から分離独立した過激派だ。言い訳がましい自己弁護だが、それが本当ならトランプ大統領もある意味被害者だったのかもしれぬ……。

伊藤正徳著『オリンピック戦争』より

2　軍用列車

――一九四〇年（昭和一五年）一〇月一九日

軍用列車は無気味な騒音に満たされていた。

現在の速度は時速二〇キロ弱。鈍足なのは急ぐ必要がないためであった。むしろ早く到着すると危険度と死亡率が増すのだ。

時刻は午前一一時五八分。マラソン競技の開始まであと二分を切った頃合いであった。

「第一海堡《かいほ》監視所より入電。南南西より大編隊が接近中。五〇機以上を視認！」

車輛無線が伝えた急報に、帝都防空集団参謀長の板花義一空軍少将がうめくように言った。

「数が多すぎる。売り込みを兼ねた実演飛行《デモンストレーション》は許可したが、大群ではないか！」

予定では東京上空を飛行する米海軍機は五機のはずだった。マラソン競技に熱気を加えるため、空母から艦載機を五機ほど飛ばして自国選手を応援したい。そんなリクエストを日本政府は認めたのであった。

不信感が皆無というわけではないが、無下に断るわけにもいかなかった。

申請は二ヶ月以上も前から出されており、拒絶した場合にはアメリカは選手団を縮小するか、あるいは派遣しない選択肢もありうると通告してきたのだ。

アメリカが棄権すれば、ヨーロッパ諸国も右にならえとなる。ソ連はすでにボイコットを表明しており、このうえ欧米が参加しないとなれば、それはもはやオリンピックではなくなる。

すでに戦艦四隻と付属艦艇の寄港も認めてしまったところだ。いまさら航空母艦の寄港を拒んだところで仕方があるまい。

また発足したばかりの日本空軍だが、戦力拡充のため諸外国から新型機を購入していた。アメリカは最大のディーラーともなり得る相手であり、今後を考えれば機嫌を損ねたくはなかった。

板花は焦燥を皺《しわ》として刻みながら言った。

「羽田と第一海堡は約二七キロか。数分で連中はやって来ますぞ。将軍、迎撃の許可を！」

「将軍か。その呼び名はしっくりこないね」

そう告げたのは山本五十六空軍大将である。あと腐れない形で海軍から完全移籍した彼は、空軍総司令という新たな位につき、危急の場合に備えていたのだ。

「提督が身に染みついているせいだろうな。だが、旧来の習慣に取り憑かれている者は新たな戦乱に対応できまい。まず、僕が変わらなければ。

命令だ。迎撃戦闘はこれを許可しない。各基地の航空隊は空中待機を続けよ」

　板花参謀長が噛みつくような声で言う。

「連中は約束を違《たが》え、一〇倍の機数でやって来たのですぞ。あれは敵機と呼ぶべきです」

「僕もそう考える。これは大坂冬の陣と同じだ。外堀と総堀。五機と五〇機。そっちの間違いだと言われればそれまで。

　アメリカはこちらが先に手を出すことを願っている。最初の一発だけは敵に撃たせなければ」

「それでは帝都が燃えてしまいます！」

「違う。敵は必ず羽田に来る。カンや予想で言っているのではないよ。アメリカ海軍の攻勢方針はすでに看破できているのだ」


　頭脳集団と呼ばれる昭和尚歯会は山本五十六の話したとおり、アメリカの隠謀の一端をつかんでいた。

　平和の祭典《オリンピック》を破壊し、一時的にでも東京の都市機能を無力化して、まったく新しい観点から占領を成し遂げるという恐るべき野望だった。

　具体的には、羽田飛行場を空爆して無力化し、次いで海兵隊を揚陸してこれを制圧。戦艦部隊の艦砲で威圧しつつ、国会と皇居を襲撃。最終目標は高橋是清総理の逮捕と、天皇皇后両陛下の身柄確保（という建前の拉致）であった。

「自分も昭和尚歯会の一員ですが、そんな情報は初耳ですぞ。もしや海軍側で情報を独占していたのですか。敵の計画がそこまでわかっていながら、どうして手をこまねいていたのです⁉」

半泣きの板花参謀長へ山本五十六が応じた。

「相手が計画どおりに動いてくれたほうが対応が容易だからだ。破れかぶれになれば、非戦闘員への被害が大きい。アメリカは危険な賭けに出たが、上手に対応すれば被害を最小限で食い止めることができる。それに……」

「それに、どうだとおっしゃるのですか」

「相手が悪意を抱いてすり寄ってくれば、企みのすべてを未然に食い止めることは不可能だ。我々空軍は防空に徹するのみだよ」

直後、第二対空砲車から電話連絡が入った。

『米軍機を肉眼で確認。なお本列車はあと二〇分で羽田に到着します！』

大量輸送時代に対応するため、すでに浜松から羽田まで広軌の専用線路が敷かれていた。列車はそれを南下中だった。


山本はすぐさま立ち上がる。

「我が目で倒すべき敵機を見極めよう。参謀長も来るがいい」

そう言うや、天蓋へと続く階段を駆け上がった。板花もそれに続く。

二人の顔面を潮風が叩いた。枕木を踏みしだく騒音が耳朶《じだ》を打つ。

山本がまず目撃したのは、旋回を続ける九九式八センチ高射砲の姿だった。ドイツのクルップ社が開発した八八ミリ高射砲の模造品だが、当時としてはトップクラスの発射速度と命中精度を誇る対空火器である。

その先には九八式二〇ミリ高射機関砲の銃座が設置されていた。車載火器がこれでもかと言わんばかりに準備されているのは、この列車が最後まで生き残らなければならない重要人物を乗せている証拠だ。

試製九九式装甲列車——日本空軍首都防空集団の移動司令本部である。

先頭から順に第一防護警戒車、第一対空砲車、空挺兵車、山本たちがいる指揮通信車、機関車、補助炭水車、第二・第三対空砲車と続き、末尾には第二防護警戒車が接続されていた。

日本国内で撃ち合いをする可能性は低いが、必要な際はより大型の砲も接続できる。

武威を存分に示す列車だが、見とれている暇はない。山本は海軍を去る際に唯一持ち出しを許された双眼鏡（これも兵器である）をかまえた。

決定的瞬間が視界に飛び込んできた。

羽田上空に飛来した群青《ぐんじょう》色の翼から、黒い卵のような物体が落下した。数秒後、滑走路の一角に火花が炸裂する。

「とうとう、やりおったな。よろしい。かねてからの防空計画に基づき、陸海空軍合同の捷零号《しょうぜろごう》作戦を決行せよ！」

3　羽田上空三〇秒

——同日、午後一二時二分

日本空軍は関東方面に六箇所の飛行隊根拠地を整備していた。

旧陸軍飛行場だった柏、調布、所沢、もと海軍航空基地の厚木、霞ヶ浦、木更津がそれだ。

ほかにも滑走路は点在したが、合併統合が進み、軍用空港として機能していたのはこの六つである。

奇妙な命令が発せられたのは一九日の早朝であった。

各根拠地の戦闘機隊は一一時三〇分までに実弾

を準備して発進。飛行場上空で別命あるまで空中待機せよ。

木更津の第一二飛行団に所属していた空軍中佐の阿《あ》光《こう》陸彌《おかや》は操縦桿を握りしめたまま、新たな局面に備えるのだった。

「与太話には聞いていたが、アメリカ野郎《ヤンキー》は本気でオリンピックを潰す気なのかよ」

そう呟いた直後、九九式飛三号無線機に雑音まじりの急報が流れた。

『日本空軍全戦闘機へ。羽田飛行場が攻撃されている。これは演習ではない。繰り返す。これは演習ではない！』

生唾を呑み込んだ阿光の耳に続報が入った。

『全機へ告ぐ。本日正午をもち、帝国空軍は戦闘状態に入った。羽田上空へ急行し、敵機の掃討にあたれ。敵は米軍機だ。星の紋章が描かれた翼を標的とせよ』

隊長機の阿光は反射的に叫ぶ。

「第三八戦隊の全機へ。聞いてのとおりである。我らは後先を考えず羽田へ向かい、敵編隊を撃滅する。機銃の試射も忘れるなよ。アメ公を絶対に帝都に侵入させるな。これは戦隊長命令だ！」

銀色の翼を連ね、阿光の編隊は時速五〇〇キロで羽田へと進軍を開始した。木更津からだと二〇キロと離れていない。おそらく最初に接敵するのは彼の部隊であろう。

緊張していたが、不安はなかった。阿光は操縦桿を握る新型戦闘機の性能を熟知し、信頼していたのである。

百式艦上戦闘機〝隼零《しゅんれい》〟――これが名実ともにそのデビュー戦であった。

日本空軍は昭和一四年九月五日に陸軍航空隊と海軍航空隊が合併（実際は前者が後者を吸収する恰好）して誕生した。

＊

二五年前のその日――帝国海軍は航空機を初めて実戦に投入している。第一次世界大戦の青島《チンタオ》戦において、特設水上機母艦〈若宮丸《わかみやまる》〉航空隊が偵察を敢行したのが九月五日なのである。空軍発足には適切な日取りだったといえよう。

硬軟織り交ぜた工作で裏から糸を引き、空軍独立を成功させた昭和尚歯会だが、その最大の狙いは航空機製造体制の一本化にあった。

日本には三菱や中島、川崎や川西といった航空機メーカーが乱立し、それぞれが受注を獲得せんとしのぎを削っていた。

当たり前だが、陸軍機と海軍機はまったく別個の製品であり、同じ会社でも製造ラインが違う。互いをライバル視して士気を高める効果よりも、少ない物資やマンパワーを分散する悪癖のほうが問題だった。また、外国からエンジンのライセンスを購入する場合にも無駄が生じる。

それらを一気に解決する妙手が空軍発足であり、最初に完成したマシンこそ、阿光中佐が操る百式艦上戦闘機であった。

三菱飛行機の堀越二郎《ほりこしじろう》と中島飛行機の小山悌《こやまやすし》。二人の技師が敬意と反目を抱きながら協力し、完成させた単座低翼の軽戦闘機である。

全長八・九九メートル、全幅一一・四四メートル、全備重量二七八〇キロ。

発動機には中島飛行機の栄《さかえ》を採用し、最高時速は五六九キロを発揮可能。航続距離は増槽を装備して二二〇〇キロである。

機銃はホ一〇三型一二・七ミリ機銃が四挺装備されている。機首に二挺、残りは主翼だ。

海軍側は破壊力の大きい二〇ミリ機銃の採用を強く望んだ。艦載機として運用する以上、敵機を圧倒する火力が絶対に必要だと。

だが、求められている機体は防空を強固なものとする軽戦だ。

大口径機銃は重爆対策のほかには用途少なしと判断され、搭載は見送られた。ハワイやミッドウェーといった敵基地に接近しない限り、重爆が艦隊を襲う公算も少なかろう。

また、高高度における運動性も切り捨てられた。そもそも低空・低速での安定度が要求される艦載機に、高空で戦えというほうが無茶なのだ。

代価として低空から中空における巴《ともえ》戦では絶対の強みを発揮できた。同時に搭乗員を守る様々な工夫が施されている。

燃料タンクは自動防漏式となり、操縦席には自重六〇キロの防弾板が組み込まれ、落下傘の装着も義務づけられた。

百式と命名されたのは紀元二六〇〇年春に制式採用されたためだが、同時に百ヶ月、つまり九年近くの間、第一線で運用できる戦闘機を目指すという製作陣の野心も込められていた。

掛け声だけではない。設計時から機体にはある程度の冗長性を持たせており、戦力強化に繋がる改造が可能だった。さすがに百ヶ月は無理であったが、長きにわたり国内外で活躍した機体であることは間違いない。

愛称として採用された隼零だが、零から積み上げを始める隼《はやぶさ》という意味である。

そして、猛禽が初めて牙をむく瞬間が帝都上空に訪れたのだ……。

＊

発射釦《ボタン》は軽かった。

指先に力を入れるたびに衝撃が走る。一発あたり三六グラムの機銃弾が虻《あぶ》のような飛行物体に吸い込まれ、やがてそいつは花火のように散った。

「敵戦闘機一を撃墜。全機、我に続け！」

斬り込み隊長としての役割をまっとうした阿光中佐は、新たな獲物を求めて百式を横滑りさせた。

生意気にも四時方向から背後を取ろうとしている中翼機が見えた。ブリュースター社のＦ２Ａバッファロー艦上戦闘機だ。

素直な操縦性と丈夫な機体がパイロットからは好評で、武装も一二・七ミリ機銃四挺で百式と同一だったが、旋回性能とスピードは百式が圧勝していた。

阿光機は横ひねりしながら、わざと速度を落とした。勢いのついたＦ２Ａは阿光機を追い越してしまった。すかさず機銃弾を叩き込むと、垂直尾翼が砕け散るのが見て取れた。

部下たちもあちらこちらで饗宴を開いている。血に飢えた野獣となった阿光は、より旨味のある敵機を探し求めた。

いた。高度三〇〇〇に標的が群れていた。

今まさに逆落としにかかろうとしているのは、ヴォート社のＳＢ２Ｕビンジケーター急降下爆撃機である。

三年前から実戦配備が始まったアメリカ海軍の主力艦攻だ。長くその座についているのは、一定の性能が保証されている証拠であろう。

ただし、三年の月日は機体を陳腐化させるには充分であった。特に最高速度が四〇二キロという点がネックとなった。百式ならば余裕で捕捉できる足並みだ。

照準器に複座の敵機が舞い込んだ。やや距離があるが、ここは力攻めをしなければ。

阿光は、機銃が四挺とも同一であることを感謝した。選ぶ必要がなければ迷う必要もないのだ。機種にもよるが機銃が複数あると、照準器の切り替えにひと手間かかり厄介だった。

投弾前のビンジケーターを二機墜とした。ほかは攻撃を諦めたのか四散していく。僚機が追い討ちをかけ、掃討戦が始まった。

虚空に火花が散り、鉄塊が散華《さんげ》し、残酷かつ美麗な波紋が東京湾にいくつも刻まれた。文字どおりの大空戦である。敵にも味方にも大きな犠牲が出ると判断するのが普通だ。

だが、阿光の心に不安は微塵もなかった。逆に興奮していた。彼には確信があったのだ。

撃ち落とされた機体の大部分は米軍機だと。

敵を舐《な》めるわけではないが、機体に性能差がありすぎた。まさしく圧倒的だ。そして、阿光の予想は真実に肉薄していた。

羽田飛行場に押し寄せた戦爆連合七二機に対し、第三八戦隊の百式艦戦は二七機。撃墜された米軍機は実に五五機！

いっぽう百式の損害は三機のみであり、しかも搭乗員は（負傷者こそいたが）全員が生還した。百式艦上戦闘機〝隼零〟は、空戦史に残る華々しいデビューを飾ったのである。

ただし、敵第一波の跳梁《ちょうりょう》を許した結果、羽田の滑走路には複数の穴があいていた。修繕には数日かかるだろう。

阿光が、そう判断した直後であった。

新たなる爆発反応が羽田飛行場の南端を襲った。竜巻のような土煙が巻き起こり、土砂が吹き飛んだ。

上空から一部始終を目撃していた阿光が、

「下手人は横須賀の米戦艦だな。これで修繕には数ヶ月かかるようになってしまったぞ」

と呟くや、再びレシーバーから命令が響いた。

『迎撃編隊へ告ぐ。現在横須賀軍港が空爆を受けている。全機急行し、仇《あだ》なす敵機の排除に努めよ！』

悔しさに奥歯を噛みしめて阿光は叫ぶ。

「手応えがないと思ったら、こっちは陽動か！」

4　号砲また号砲

――同日、午後一二時二〇分

それは陽動ではなかった。

ハルゼー艦隊を出撃した一四八機の攻撃編隊のうち、爆撃隊は羽田へ、雷撃隊は横須賀へと殺到していた。どちらが主で、どちらが従ということはない。同時攻撃による相互補完的な役割が期待されていた。

しかし、日本空軍の立ち直りは早かった。羽田に一撃こそ頂戴したものの、即座に迎撃戦闘に移行できたのは、事前準備と覚悟ができていた事実を示している。

ビンジケーター急降下爆撃隊の攻撃はまったくの不発であった。戦果は皆無に等しく、それどころか処女弾を日本に与え、悪役という汚名をこうむる効果をもたらしただけに終わった。

横須賀軍港を強襲した雷撃隊も似たような成果しか得られなかった。計画では、同港に停泊中の日本戦艦を魚雷で撃破し、進撃するスプルーアンス戦艦部隊の進路を確保するはずだったが、撃破に成功した敵艦は一隻もない。

運用された機体は、ダグラス社製のTBDデバステーターだ。三座の雷撃機で、速度が三三二キロと遅めな点を除けば、満足できる性能であった。

航空魚雷のMk13型も信頼性はともかく、破壊力には定評があった。また横須賀軍港は深度があり、雷撃にはうってつけと判断されていた。搭乗員たちは真珠湾《パールハーバー》で碇泊戦艦への襲撃訓練を重ねており、練度は保たれていた。

これだけの好条件が揃いながらも結果が出なかった。理由は明白である。日本海軍は万一を考え、備えを怠らなかったのだ。

効果を発揮したのは防潜網であった。

独潜〈U47〉によるスカパ・フロー侵入事件を見ればわかるように、艦隊根拠地における潜水艦突入作戦は警戒すべき事案であった。

戦艦〈ロイヤル・オーク〉喪失という前例を研究した日本海軍は、潜水艦対策に防潜網と魚雷ネットをそこかしこに展開していたのだ。

雷撃に成功したデバステーターだったが、高度二五メートルから投下された魚雷は、すべて航走中に金網に絡め取られ、無駄に爆発して終わりであった。

＊

巡洋戦艦〈ディスカバリー〉のブリッジから、

不甲斐ない味方雷撃機の様子を凝視していたレイモンド・A・スプルーアンス少将は、嘆息を隠そうともしなかった。

「司令、味方雷撃機の魚雷は……」

副官のビル・マコーミック大尉が絶望的な声を絞り出した。

「防潜網に引っかかって誘爆しているようだな。こんなことさえ事前に調査しなかったのか」

スプルーアンスはそう呟いたが、実際は調査は終わっていた。トランプ大統領と太平洋艦隊司令部は、日本政府に抗議していたのだ。

防潜網の設置は当方を信頼していない証拠である。撤去しない限り、オリンピック代表団の一時帰国も選択肢から外さないと。

日本はその言い分を受け入れ、九月一八日午後に防潜網を一時的に整理した。

だが、翌一九日の午前中には戻してしまった。短期間で展開と収納が可能という事実を披露したわけだが、アメリカは撤去したという連絡に納得したのか、それ以上の追及はしなかった。

たった半日で防潜網を再展開できるはずがない。それが太平洋艦隊司令部の反応であった。

「希望的観測にすがって作戦を立てたツケが全部こちらにまわってきた。こうなれば、ありとあらゆる手段を駆使するまで。

命令。各戦艦はハネダ・エアポートへの砲撃を中止し、停泊中の日本戦艦を撃滅するのだ。標的選択はミスター・ペインに任せる」

すぐさま〈ディスカバリー〉艦長サミュエル・S・ペイン大佐が命令を決行した。

「目標変更。停泊中の敵戦艦の先頭艦、おそらくはフソウ・クラス。榴弾から徹甲弾への切り替えを急げ。準備できしだい発射を許可する」

　重巡艦長の経験を持つペイン艦長は艦砲の取り扱いに長じており、指示は実にスムーズだった。

巡洋戦艦〈ディスカバリー〉は七〇秒もしないうちに、巨弾を放ったのだ。


　標的に選ばれたのは〈扶桑〉であった。

　日本を意味する芳名を持つ彼女は世界で最初に三万トンを超えた軍艦であったが、完成から二二年が経過しており、老朽化が目立っていた。

　増改築のやりすぎで、艦橋構造物は異形と呼ぶに相応しいシルエットとなっている。バルジ増設など防御力の強化にも努めていたが、所詮は対三六センチ砲の装甲でしかない。

　そんな〈扶桑〉を襲ったのは規格外の四六センチ砲弾であった。それも日本製のものだ。


　旧名を〈阿蘇〉といった〈ディスカバリー〉は富士型戦艦の二番艦であり、搭載砲は四五口径の四六センチ連装砲塔が四基、合計八門である。

　彼我の距離二〇〇〇〇メートル、機銃の間合いだ。水平射撃で放たれた〈ディスカバリー〉の砲弾は〈扶桑〉の右舷中央に突き刺さり、盛大に炸裂した。

　耐えられる理屈などなかった。〈扶桑〉は一撃で命脈を断たれ、あえなく横転して果てた。空中に露出したスクリューが無意味に空気を攪拌《かくはん》していた。

　同型艦の〈山城〉も悲惨な状況に追いやられていた。〈エンデバー〉が放った四六センチ砲弾によって切り刻まれていたのだ。

　以前は〈浅間〉と名乗っていた〈阿蘇〉の妹は呆れるほど同一の艦影を有していた。

　全長二七八・三メートル、基準排水量五万一二〇〇トン、最高速度三〇ノット。

　堂々たる体軀から放たれた巨弾は、〈山城〉の艦橋基部を直撃し、それを倒壊させたのである。浮力こそ失われなかったが、もはや修理など考えられない状態に〈山城〉は追いやられていた。

　惨劇は飽くことなく継続された。次に戦艦〈伊勢〉が〈コロンビア〉の獲物となった。

　その前身は〈高雄〉だ。連装五基一〇門の四一センチ砲が連続して吠え、〈伊勢〉の艦首をもぎ取った。浸水は信じられないペースで進み、〈伊勢〉は数分で擱座《かくざ》してしまった。

　最後の〈日向〉は巡洋戦艦〈レキシントン〉の餌食となった。全長二六六・五メートル、基準排水量四万三五〇〇トンの大型艦であり、五〇口径の四一センチ砲を八門保有している。

　同型艦の〈サラトガ〉は大西洋艦隊に配備されていたため、オリンピック作戦に参加した唯一のアメリカ製戦艦である。

　この状況で〈レキシントン〉は妹のぶんまで奮闘した。直撃弾二発を〈日向〉に浴びせ、その艦尾を捩じ切ったのだ。

　四戦艦は一発も撃ち返せず、骸《むくろ》を横須賀軍港に横たえることになった。

　せめてもの慰めは当日が土曜日であり、またオリンピック開催中ということも相まって、上陸している水兵が多く、人的被害が意外に少なかったことであろうか。

「ジャップの戦艦四隻を撃沈破！　我が方の損害は皆無！　大勝利です！」

　旗艦〈ディスカバリー〉のブリッジは歓喜の空気で満たされたが、スプルーアンスだけは表情を緩めなかった。

「騙し討ちに成功しただけだ。別に褒められた話ではない。これで、同じ悪行をアメリカ国内でやられても文句は言えないぞ。我らの子孫が、そんな憂き目に遭わなければよいが」

憂い顔でスプルーアンスがそう話した直後だ。またしても不幸は連鎖した。

「デバステーター三機が魚雷を投下。大型戦艦を狙っている模様！」

見張りからの絶叫に、スプルーアンスは視線を振り向けると、灰色の艦影に水柱が生える瞬間を目撃した。

やられたのは日本の軍艦ではなかった。イタリア戦艦の〈マルコ・ポーロ〉だ。

「誤射だ！　誤爆だ！」

マコーミック大尉の非難は真実だが、同時に無意味な指摘でもあった。ペイン艦長が神妙な表情のまま、

「魚雷一本が命中したようですね。逆上したイタリア人はなにをしでかすかわかりません。毒を食らわば皿までです。あと腐れなく撃沈しては？」

と問いかけたが、スプルーアンスは首を横に振るのであった。

「砲撃は禁じる。煙幕を展開しつつ、一刻も早くトーキョー湾内へ侵入せよ。揚陸艦三隻をハネダに接舷させることが我らの任務だ。それを忘れてはならん」

誰もが司令の命令を理解し、実行しようと動きかけていた時、防空指揮所から一報が入った。

「ジャップの戦闘機が大挙来襲！」

早い。日本軍はもう迎撃に転じたようだ。護衛のバッファロー戦闘機がついているが、雷撃隊は

大打撃を受けるだろう。

破滅への扉が開かれたことを意識しつつ、スプルーアンスは視線を艦首へ向けるのだった。

彼には理解できていた。そこに待っているのは地獄だ。戦艦〈ディスカバリー〉は死地へ赴かんとしているのだ……。

5　ハチハチ・フリート

――同日、午後一時一五分

『こちら第一海堡。現在、敵戦艦四隻が沖合七〇〇メートルを通過中。なお海堡は攻撃を受けつつあり。繰り返す。我は敵戦艦の砲撃を……』

無電はそこで切れた。苦く重苦しい沈黙が戦艦〈富士〉の戦闘艦橋に流れた。

第一海堡は千葉県富津岬《ふっつ》の先端に位置している洋上の砦だ。

江戸の昔から東京湾は守りが不安視されており、新生明治政府は要害として海堡を三つ建造し、艦砲を備えた。

昭和に入ると監視所としての意味合いが強くなり、武装は対空砲座を残すのみとなっていた。第二・第三海堡も存在したが、そちらは予算不足から放置され、いまや無人となっている。

「東京湾への侵入を許すとは恥辱の極み。我らは全力で梟敵《きょうてき》を打ち破るのみ！」

荒ぶる獅子のような迫力を醸しだしながら叫んだのは、第二艦隊司令長官山口多聞《やまぐちたもん》少将である。野武士のようなたたずまいのまま、彼は続けた。

「敵は予想どおり羽田沖に現れた。ある意味、罠にはまったとも言える。敵戦艦四隻のうち、三隻は八八艦隊計画のなれの果てだ。ここですべての悪因に決着をつける！」

大言壮語ではない。山口の手元には四隻の戦艦があり、完璧に運用すれば完勝の可能性も大いにあった。

山口が将旗を掲げる〈富士〉だが、当然ながら日露戦争で活躍した英国製の戦艦ではない。

八八艦隊計画の最終艦として完成した〝十三号型〟の一番艦である。

二番艦〈阿蘇〉と三番艦〈浅間〉はアメリカに、そして四番艦〈黒姫〉はイギリスに身売りされてしまったが、日本海軍は〈富士〉だけは保持していた。

四六センチ砲連装四基八門を備える〈富士〉は第一艦隊の旗艦であり、平時は連合艦隊司令長官が座乗している。

その職にある米内光政《よないみつまさ》大将は昭和尚歯会から不穏な情報を聞きつけ、即座に〈富士〉を山口の第二艦隊に臨時編入する決定を下し、いざという場合に備えさせていたのだ。

旗艦〈富士〉に続くのは〈近江〉である。改紀伊型に属する彼女は、目立ちすぎる四連装砲塔を振りかざし、〈富士〉の航跡を追っていた。

三隻目に加賀型二番艦の〈土佐〉が、そして最後尾には戦艦〈長門〉が威容を見せていた。

これら四隻は千葉県浦安町の沖合にて待機し、迎撃態勢を整えていたのである。

すでに横須賀軍港が襲撃され、旧型戦艦四隻が大打撃をこうむったニュースは山口艦隊にも届けられていた。

もう遠慮はいらぬ。オリンピックという華燭《かしょく》の宴をぶち壊しにする卑劣な軍事行動に対し、東京市民の視線が、いや、全世界の民衆の視線が集まっている。ここでヤンキーの野望を潰し、正義は我にありと宣言する絶好の機会なのだ。

そう思う山口の耳に続報が入った。

「司令！〈長門〉の零式観測機より入電です。アメリカ戦艦四が木更津沖を北上中。後方に病院船らしきもの三隻をともなう！」

艦長の保科善四郎《ほしなぜんしろう》大佐が疑念を呈した。

「病院船だと？　我々に攻撃をためらわせるための策でしょうか」

戦時国際法では、赤十字が描かれた船舶を攻撃してはならぬとされているが、狂気の時代ではあらゆることが正当化されるのだ。

山口も言葉を重ねる。

「そうかもしれない。しかし、ここは戦闘兵団を乗せた強襲揚陸艦と考えて動かねばな」

直後、見張りから急報が届けられた。

「艦影七！　距離三万三〇〇〇！」

間髪いれずに山口少将は命じた。

「艦長、砲戦の指揮を任せるぞ。〈伊勢〉の仇を絶対にとってくれ」

山口少将は、かつて艦長を務めていた〈伊勢〉の最期を知り、無念さを募らせていた。保科艦長はその心情を慮《おもんぱか》り返答した。

「了解。主砲砲撃開始！　目標、敵一番艦。やつらを四隻とも海の藻屑とせよ！」

＊

「日本戦艦に発射反応あり！」

先手を打たれた。スプルーアンスは、勝ち馬に乗り損なった博徒《ばくと》のような顔を見せた。

敵艦隊は二分前に発見していたものの、砲撃はまだできずにいた。距離は三万三〇〇〇と射程内であったが、背後の陸地と溶け合うように見え、識別が難しかったのだ。

旗艦〈ディスカバリー〉と〈エンデバー〉にはCXAM型レーダーが装備されていたが、これは対空警戒専用だ。艦影はキャッチできない。

制空権さえあれば弾着観測機を発進させられたのだが、星の紋章が描かれたネイビー・ブルーの艦載機は一機も見出すことができない。

「味方機はどこだ！　ハルゼー提督の第一二任務部隊はなにをやっている！」

マコーミック大尉が叫び声をあげた。スプルーアンスは彼をなだめるように言う。

「迎撃機にやられたと考えるしかないな。日本が空軍を分離独立させたのは防空に徹するためだ。我らはそれを無視して力攻めを行い、犠牲を強いられた。油断を誘うためとはいえ、護衛駆逐艦を同行させなかったのは痛すぎた。

ハルゼーを責めてはならない。航空母艦という新兵器の扱いをめぐり、我々は装甲甲板の中型艦という選択をしたが、侵攻作戦では一機でも多く載せられる大型艦が必要だった……」

スプルーアンスは決意した。上層部のミスは現場の我らがカバーしなければと。さもなければ、全滅をもって誤りを認めさせることになると。

敵弾が落下してきた。東京湾の一角に塩水の柱が立ち昇る。〈ディスカバリー〉を狙った砲撃であったが、命中弾はない。

「反撃に出る。命中弾を受ける前に一発でも多くの砲弾を撃ち放て。主砲斉射《サルボー》準備！」

珍しく声を荒らげたスプルーアンスに、部下たちは機敏に反応した。

「測距完了。装填完了。全門発射、準備完了！」

「発射《ファイア》！」

途端に〈ディスカバリー〉は八門の四六センチ砲を絶叫させた。火弾が宙を切り裂き、放物線を描いて飛翔していく。

＊

「旗艦〈富士〉、撃ち方開始。〈近江〉と〈土佐〉も続きます！」

そんな報告にも、〈長門〉艦長の大西新蔵《おおにししんぞう》大佐は慌てなかった。

四日前に念願の戦艦艦長として赴任したばかりだが、まだ日本艦だった頃の〈陸奥〉に乗り込んだ経験もあり、その性能と癖は頭に叩き込まれている。

「まだ撃ってはならん。距離三万五〇〇まで待つんだ。航海長、姉崎《あねさき》沖合を抜けて敵艦隊の側面を突け。殿《しんがり》の敵艦を殺《や》る」

操艦を任されている貞海開治中佐は即答した。

「了解。取舵、針路三〇〇度。速力二五ノット」

イギリスから帰国後、艦隊勤務を希望していた彼は、〈長門〉航海長という大役を仰せつかり、三万九一二〇トンの巨艦を操っていたのだ。

貞海は観戦武官として英戦艦〈ブラック・プリンセス〉に乗り込み、ヴィルヘルムスハーフェン沖夜戦を体験していた。戦艦対戦艦の殴り合いを知る数少ない帝国海軍軍人である。

大西艦長が信頼を置くのも当然だった。

「主砲五基の大型戦艦か。〈コロンビア〉だな。艦長命令だ。本艦はあれを屠るぞ」

貞海は瘧《おこり》のようなどす黒い感情が心に満ちていくのを感じていた。

一二年前に長崎で指を失った件と、〈高雄〉と名乗るはずだった軍艦を見送った顛末を回顧した彼は、運命を確信していた。

荒ぶる軍神は命令しているのだ。あのフネを介錯せよと。

「敵一番艦に命中弾。〈レキシントン〉です！」

どよめきが〈長門〉の艦橋を満たした。図太い二本の煙突を持つ長大な巡洋戦艦が火炎に炙《あぶ》られているではないか。

大西艦長が的確にも同意した。

「水柱が黄色だった。撃ったのは〈近江〉だな。四連装の主砲は故障も多いが、命中率は高いではないか」

この時、〈近江〉は四連装四一センチ砲塔三基を用いて、交互一斉撃ち方を敢行中であった。

四連装砲塔の場合、砲身は左から順に、左砲、左中砲、右中砲、右砲と呼ぶ。これを二発ずつ、一門おきに発射するのだ。

連装砲塔と比較して、射撃できる砲身数は倍になる。発射速度は向上し、観測値が得やすくなり、手数が増えるため当然、命中率は向上する。

第三射撃で〈レキシントン〉に効力射を与えた〈近江〉は、すぐに一斉射撃に切り替えた。

第四射撃で二発、第五射撃で一発の命中弾を受けた結果、〈レキシントン〉は後檣から後甲板にいたる部分が溶鉱炉に変貌してしまった。もともと巡洋戦艦であり、防御には難があったが、こうも脆《もろ》いとは意外すぎる現実であった。

だが、アメリカ艦隊も黙って殴られていたわけではない。復讐はすぐに実施された。

「三番艦〈土佐〉に直撃弾！」

右舷前方八〇〇メートルを走る僚艦だが、明らかに異変が生じていた。

船足は急速に落ち、生まれたての子鹿のように全身を震わせたかと思うと、穴という穴から火の粉を撒き散らし、一瞬にして洋上から消えたのだ。

「轟沈！〈土佐〉轟沈！」

戦艦〈土佐〉は加賀型の二番艦である。ユトランド沖海戦の戦訓を取り入れ、垂直装甲を分厚くして遠距離砲戦に適応した設計となっていた。

つまり、長門型より一段階タフな軍艦として完成したわけだが、それでも駄目だった。

相手が悪すぎたのだ。第三砲塔の弾火薬庫に飛び込んできたのは四六センチ砲弾だった……。

＊

「ジャップの戦艦一を撃沈。カガ・クラスの可能性が濃厚！」

日本から購入した戦艦が、日本戦艦を沈めた。この捷報に〈ディスカバリー〉のブリッジはヒートアップするのだった。

「残りは三隻だ。押し潰せるぞ！」

ペイン艦長が語気を荒らげたが、スプルーアンスはなおも沈着冷静のままだ。

「我らも〈レキシントン〉をやられた。艦中央から尾部はカリフォルニアの山火事の勢いで燃えている。もはや戦力は半減していよう。これ以上、味方がやられたならば……」

その刹那《せつな》、面白くない通報が入った。

「クソッ！〈エンデバー〉に命中弾二発！」

双眼鏡で被弾した二番艦を見定める。〈エンデバー〉の傷が重いことはひと目でわかった。

艦橋構造物は上層部の六割が切断され、消滅していた。右舷から突入した敵弾は前檣楼の基部を抉《えぐ》り、爆発して果てたのだ。もう一発は煙突を粉砕していた。

主砲は無事なようだが砲撃は止まっている。通信も途絶し、旗旒《きりゅう》信号も確認できない。指揮系統が壊滅したと考えなければなるまい。

「敵の四六センチ砲だな。戦艦〈フジ〉の一撃が実妹の〈エンデバー〉を撃破したのだ」

スプルーアンスの独白は正しかった。

そして、面白くないことに〈ディスカバリー〉と〈エンデバー〉は同型艦であり、装甲も同一だ。待ち構えているのは同じ運命ではなかろうか。

だが、戦局は再び流転した。

「敵の二番艦が炎上中！　戦艦〈オウミ〉と思われます！」

それは、被弾直前に〈エンデバー〉が放っていた第六斉射の成果だった。

＊

戦艦〈長門〉からも〈近江〉の被弾は確認できていた。やられたのは艦首だ。

英国戦艦〈マジェスティック〉の妹である彼女は、舳先を二〇メートルも切断され、艦内が露出していた。第一砲塔もやられ、四本の砲身がすべて茹でた竹輪のように曲げられていた。

だが、味方の損害を案じている暇はなかった。〈長門〉もまた生贄《いけにえ》に選ばれようとしていたのである。

「敵艦〈コロンビア〉発砲しました！　距離あと二万三〇〇〇！」

大西艦長は剣豪のような気合いを込めた鋭い声で命令した。

「負けるな！　撃ち返せ！」

だが、気合いで敵弾を排除することはできない。

〈長門〉はついに命中弾を頂戴したのである。

地震と落雷を重ね合わせたかのような衝撃を貞海航海長は感じた。瞬間、体が浮き、轟音と一緒に軍靴が床に叩きつけられた。

「後檣に直撃弾！　被害甚大！」

先手を取られた。これで不利は確定したも同然である。〈長門〉も連装四基八門の主砲を撃ちまくっているが、まだ命中弾は得られない。

さらに凶報は続く。またしても敵弾だ。

「第四砲塔側面に敵弾。砲塔旋回不能！」

これで撃てる主砲は六門となった。敵艦〈コロンビア〉は四一センチ砲一〇門が健在だ。手数では圧倒的に不利である。

貞海航海長は一計を案じた。

「艦長！　取舵の許可を。丁之字《ていのじ》で〈高雄〉の、いや……〈コロンビア〉の頭を押さえましょう」

単純だが効果的だった。天城型戦艦は艦首正面に撃てる主砲は二基のみ。うまく立ちまわれば四門対六門の撃ち合いとなる。

もちろんリスクもあった。大西艦長がそれを指摘する。

「これ以上、距離が詰まれば着弾時の被害が大きいぞ。一撃でやられる危惧もある」

「敵艦を一撃で屠《ほふ》る公算も高まります。死中に活を求めねば勝算など」

「……よし、取舵だ。〈長門〉はこれより〈コロンビア〉の前に出る！」

八八艦隊の長女である〈長門〉は、猛《たけ》り狂う闘犬の勢いで頭を振った。そのまま〈コロンビア〉の針路を塞ぐコースを走る。

相対距離は一万八〇〇〇。二四ノットで突き進みながら、六門の四一センチ砲を撃ち放つ。

しかし命中弾は生じない。それどころか、逆撃の一打を〈長門〉は頂戴することになった。棍棒で殴られたかのような衝撃が全艦に走る。

「第一砲塔擱座！　砲撃不能！」

悲報に艦橋は静まりかえった。この〈長門〉が負けるのか？　姉が妹に負けてしまうのか？

失われた右手の指のうずきと敗北感を同時に味わう貞海中佐だったが、直後に届けられた報告に、顔色を取り戻すことになる。

「敵味方不明の大型戦艦出現。一〇時方向、距離二万二〇〇〇！」

双眼鏡で相手を確認した大西艦長が、早口で告げた。

「あれは〈天城〉だ！　イタリア戦艦だぞ！」

すぐさまそのフネは明滅信号で、こう宣言したのである。

『我は〈マルコ・ポーロ〉なり。これより戦闘に参入し、貴艦の援護にあたる！』

＊

「艦長！　本当に撃つのですか！」

テゼイ技術大尉の声に、〈マルコ・ポーロ〉艦長のチーマ大佐は吠えた。

「最初に殴ってきたのはアメリカ人だぞ。ここで黙って引いたのでは、我々が腰抜けだと喧伝することになる。オリンピックで世界中の耳目が集中していることを忘れるな」

横須賀軍港で〈マルコ・ポーロ〉はデバステーター雷撃機の不意打ちを食らい、小破していた。追加装甲のバルジを貫かれ、右に二度傾斜していたが、砲力に差し支えはない。

「準備できしだい攻撃開始だ。平和の祭典を乱す者に天罰を与える栄誉は本艦が担うぞ」

連装五基一〇門の四一センチ砲が仰角をとり、砲門に標的を捕捉した。

「よろしい。発射《フォーコ》だ！」

かつて〈天城〉だったフネは、かつて〈高雄〉と呼ばれていた妹に対し、打擲《ちょうちゃく》の火弾を撃ち放ったのである。

四五秒後、景気のよい通報が入った。

「初弾命中！　繰り返す！　初弾命中！」

＊

「敵艦〈コロンビア〉に直撃弾。全艦にわたって炎上中！」

吉報が〈富士〉の昼戦艦橋に舞い込んだ時も、山口少将の頬が緩むことはなかった。保科艦長が状況を説明する。

「四一センチ砲のつるべ撃ちですぞ。〈長門〉と〈マルコ・ポーロ〉の共同砲撃です！」

大きく頷いてから山口は言った。

「イタリア戦艦が加勢してくれるとはな。有志の前で恥ずかしい真似はできん。五体満足で残った敵艦は、我が〈富士〉が倒す！」

猛然と四六センチ砲八門を撃ち放つ〈富士〉であったが、砲撃精度は〈ディスカバリー〉のほうが一枚上手《うわて》だった。

斉射の応酬が続いたが、〈富士〉は先に命中弾を食らってしまった。

七脚檣から箱形に改装されていた艦橋構造物の後部で爆裂した一弾によって、左舷の高角砲群は壊滅状態となった。カタパルトは爆風で跡形もなく消え去った。

また、着弾の衝撃で深刻なダメージが生じていた。艦橋トップの主砲射撃制御盤が稼働不能に陥ってしまったのだ。

これで砲撃は各砲塔に一任するしかない。命中率は段違いに下がるだろう。

反撃の烽火は、まだあがらない……。

＊

「いかん！〈富士〉がやられた！」

隼零こと百式艦戦を操る阿光陸彌中佐は、上空から味方戦艦が被弾する様子を凝視していた。

できれば加勢をしてやりたいが、武器がない。百式は二五〇キロ爆弾一発を搭載できるが、今は手ぶらだ。一二・七ミリ機銃など戦艦相手では豆鉄砲でしかあるまい。

だが、阿光は突如として気づいた。

まだ武器があるじゃないか。全備重量二七八〇キロの百式そのものを武器とすればいい。

機体を二五〇〇メートルまで上昇させ、一気に反転させる。軽戦での急降下は忌むべき行動だとされているが、瑣事《さじ》にこだわってはいられない。これから体当たり攻撃を強行するのだから。

とはいえ、阿光に死ぬ気はなかった。まずは風防を開け、直撃コースに機を乗せてからスロットルを固定し、操縦桿から手を離す。

そのまま拘束ベルトを外して機から脱出した。恐怖を感じる暇もなく、頭上で落下傘が開く音がした。

すぐさま眼下を見やると、敵戦艦のブリッジに主を亡くした百式が吸い込まれる場面がはっきりと確認できた。火柱が生じ、前檣楼が朱色に染めあげられていく。

相手は戦艦だ。これしきで沈むはずもないが、時間稼ぎにはなるだろう。

そう阿光が考えた瞬間だった。品川方面の一角に黄色の光が走った。

その十数秒後、戦艦〈ディスカバリー〉の中央で爆発反応が生じた。

信じられなかった。あれだけの巨艦が真っ二つに切り裂かれている!

艦首はすぐ横倒しになり、艦尾は煮崩れるように沈んでいった。この時の阿光には、戦果を刻んだ兵器の正体が理解できなかった。

*

それは列車砲であった。

第一次世界大戦でヨーロッパの戦場を列車砲が駆け巡った事実はよく知られている。大口径砲の発射と運搬を容易にするには、発達した鉄道網を利用するのがいちばんであった。

アメリカも列車砲には熱い視線を注いでおり、沿岸防衛の切り札として用いるべく、研究が進められていた。

この大波に乗り遅れるのは下策なり。そう判断した昭和尚歯会は陸軍を説き伏せ、フランスのシュナイダー社から二四センチ列車砲を購入させることに成功した。

この火砲は昭和五年に〝九〇式二四センチ列車加農〟として制式採用され、千葉県富津射撃場で各種試験が実施された。

結果として、五万メートルを超える射程は魅力的だが、この口径では接近する敵戦艦の破壊は難しいとの判断が下され、追加発注は見送られた。

ここに日本軍は、独自に列車砲を建造する道を選んだのである。大正九年（一九二〇年）に沿岸砲として四一センチ榴弾砲を試作した経験もあり、より大型の火砲が求められてもいた。

都合のよいことに、日本国内には鉄道網が整備されつつあった。その目玉は東京・大阪間を最速四時間半で結ぶ弾丸列車だ。

正式名称は零式新幹線。通称〝ゼロ線〟である。オリンピック開催に合わせて建設された広軌の軌条は、新型列車砲を機動させることが大前提であり、架設費用の一部を空軍が負担し、列車砲の運用もまた空軍に一任されていた。

陸軍からは反発もあがったが、搭載砲は海軍が製造しており、強くは言えなかった。空軍内部における海軍閥の声は大きく、最後には押し切られてしまった。

用意された列車砲の名は〝百式五一センチ列車加農〟である。

四五口径五一センチ砲を一門装備したその軍用列車は、品川駅操車場にて山本五十六の乗る試製九九式装甲列車と連結され、〈ディスカバリー〉に鉄槌を食らわせたのだ。

「やりました！　敵戦艦爆沈を確認！」

吉報に板花義一空軍少将が大きく息をついた。

「さすがは五一センチ砲ですな。海軍があくまでも大艦巨砲にこだわり続けた理由が、いまわかりましたぞ」

だが、山本五十六空軍大将は首を横に振るのであった。

「こんな大筒《おおづつ》が役に立つのは、今回が最初で最後かもしれない。国防の要《かなめ》はやはりエア・パワーだ。

板花参謀長、各航空基地に命令。待機中の陸攻隊を発進させろ。無傷の揚陸艦を沈め、アメリカの野望を粉砕するのだ」

＊

人間が真に衝撃を受けるのは、完全に予想外の事態が起こった時ではない。予期していた可能性のうち、最悪の状況が現実化した際に、本当のショックが訪れるのだ。

「第一三任務部隊が全滅しただと!?　スプルーアンスは戦死したのか？　戦艦隊は全滅し、揚陸艦は洋上降伏!?　あり得ん。絶対にあり得ん……」

司令官席に座るハルゼーは小刻みに体を震わせていた。怒りと憤《いきどお》りでいまにも爆発しそうだ。

空母〈エンタープライズ〉艦長のマーリ大佐は上官の精神状態が危ういレベルに達しているのを察知した。ここで下手に突けば、破滅に直行する無茶な命令を下すかもしれない。

できるだけ穏やかな声でマーリは言った。

「司令、攻撃隊の収容ポイントに急行せねばなりません。その許可と命令を願います」

数秒の沈黙のあと、ハルゼーは言った。

「空戦でずいぶんやられたようじゃないか。何機戻って来るかわかりゃあしない。このまま東進を続けて給油船団と合流、ハワイへと帰還する」

非情すぎる命令だが合理的でもあった。

攻撃隊を置き去りにするという決断に、〈エンタープライズ〉のブリッジには不穏な空気が流れたが、ハルゼーはこう一喝するのだった。

「我らは空襲という任務を果たした。あとは戦艦部隊の責任だ。それに俺はキンメル提督から厳命されているんだ。空母は一隻も損うな。三隻とも持ち帰ってくれとな」

太平洋艦隊司令部から撤収の命令が発せられたのは、午後一時五八分のことであった。

結局、ハルゼー艦隊に帰還した艦載機は二九機のみ。実に一一九機が未帰還となった。

壊滅したスプルーアンス戦艦部隊の陰に隠れてしまったが、これまたアメリカ海軍史上、屈指の負けいくさであった……。

6　マラソンマン

――同日、午後二時三五分

戦艦たちの饗宴が終焉を迎えた頃、もうひとつの激戦もまた終わりに近づいていた。

羽田飛行場へと続く舗装道路をひた走る男たちの集団があった。驚くなかれ、この状況下においてもマラソン競技は続行されていたのだ。

先頭を走る選手の名はアーネスト・ハーパー。イギリス代表であり、三八歳の超ベテランランナーであった。

ベルリン大会で銀メダルを獲得した彼は、快調に両足をまわしていた。

前回大会でメダルを争った孫基禎《ソンギジョン》や南昇竜《ナムスンニョン》の姿はないが、楽勝という雰囲気ではない。後ろから迫り来るアルゼンチン代表のファン・カルロス・サバラを引き離すのに必死だった。

だから気づかなかったのだ。ときおり響く海嘯《かいしょう》は、彼の耳を素通りするだけであった。

四〇キロを超えたあたりからラストスパートに入った。サバラはハーパーの勢いに追随できず、遅れ始めた。滑走路の脇にゴールラインが見えた時には、ほぼ独走状態だった。

そのままゴールテープを切ったハーパーは、見事一着でフィニッシュし、イギリスに金メダルをもたらしたのだった。

だが、彼はそこで違和感に気づいた。いるはずの観客がひとりもいなかったのだ。警備員や大会関係者の姿はあったが、それも少数だ。

月桂樹の冠を受け取り、選手用テントへと向かったハーパーは、そこで車椅子の金メダリストと出くわしたのだった。

「おめでとう、ハーパー君。きっと君が優勝すると思っていたよ」

「ミスター・ルーズベルト、お互いに歳を重ねてから金メダルを手にしたものですね。ところで、様子が変じゃありませんか。戦争でも始まったんでしょうかね？」

「……実はそうなのだ」

「そのアメリカン・ジョークは高尚すぎて、よくわかりませんな」

「現実はもっとよくわからないよ。ただ、ひとつだけ言える。アメリカ合衆国はこの敗北で三等国に凋落してしまったよ」

エピローグ　大いなる覚醒

1　真っ赤な嘘
——一九四〇年（昭和一五年）一一月六日

《昨日午後六時、日本の首都トーキョーで開催されていた第一二回オリンピック大会は閉幕した。礼儀上、閉幕とは記したが、実際は中断である。好戦的な彼らは、平和の祭典のさなかに大海戦をやらかし、予定より一週間以上遅れて末日を迎えたのだ。

はたしてこんな国に、オリンピックを開催する資格などあったろうか？　いや、なかったのだ。日本人は、同族の帝国主義者であるアメリカと内輪もめを演じ、オリンピック史に泥を塗った。この罪は千年経っても消えることはない。革命の段階にいたらざる東洋人には、やはり我らが知恵を授けてやらねばならない。

想起するに、今大会のボイコットは最善の判断であった。もちろん我らが同志スターリン書記長の指示によるものだ。

我がソビエトが参加していたならば、全競技でメダル獲得は確実だったが、オリンピックと称するのさえおこがましい真似事に選手団を送り込むほど、我らは暇ではない。

時間的余裕は全世界同時革命のために注ぎ込む

べきだ。同志スターリンにさらなる支持を寄せてこそ、その理想に接近できるのだ……》

毎年の保養地としているソチ市の別荘ゼリョナヤ・ロシチャで、ヨゼフ・スターリンはプラウダ紙に目を通していた。

「俺が編集長だった頃に比べ、ずいぶん質が落ちたものだ。この程度のプロパガンダで純真無垢な国民を扇動はできん。

もっとわかりやすく辛辣《しんらつ》な言葉を並べ、日本をこきおろすべきなのだ。君もそう思うだろう、同志トージョー」

となりの椅子に座る東條英機は、うやうやしく一礼すると、こう語るのだった。

「まことに同志書記長のお言葉は正鵠《せいこく》を射ております。私が生まれた島国は、無知蒙昧《もうまい》なる愚民で溢れております。彼らをいくら罵倒したところで、やりすぎということはありません！」

満足げにスターリンは告げた。

「すべての人民が君のように素直であれば、我らも楽なのだがね。同志トージョー、恩を忘れるでないぞ。チチハルで行き倒れていた貴様を助けてやったのは、ソビエト極東軍なのだからな」

「忘れません。死んでも忘れません」

感極まったのか、瞳に涙を浮かべながら東條は続けるのだった。

「私は罪人でございます。関東軍作戦参謀だった当時、満州事変を画策し、罪もない民衆を地獄に突き落としました。どんな罪も負いますし、自己批判は一生続ける覚悟です。

悪逆なる私を、ソビエト政府は無条件で受け入れてくださいました。この身は血の一滴まで共産主義の大義に捧げる覚悟。全世界に赤旗を行き渡らせるための第一歩として、まずは東京の国会議事堂にそれを掲げるべきなのであります！」

　いまや東條は内務人民委員部《NKVD》外国課所属・対日工作特務機関〝ゾーンツェ〟のアドバイザー的な地位におさまっていた。脅迫と洗脳で従順になった彼は、翻訳作業のみならず、破壊工作の作戦立案にまでかかわっていた。

　スターリンは自慢の髭《ひげ》に手をやりながら、

「君のすばらしい点は弁舌のみならず、行動で忠誠心を表現することだ。特に西安《シーアン》教団との連携ぶりは賞賛に値するぞ」

　と話した。東條はわずかに笑みを浮かべ、こう応じるのだった。

「連中は伝統ある秘密結社を標榜していますが、実際は金に忠誠を尽くす俗物集団です。利用するだけ利用し、なにかあれば縁を切るだけ。西安教団は、合衆国前大統領のアルフレッド・ランドンの排除にも一枚噛んだと自慢しておりましたが、どうしてすぐばれる嘘をつくのやら……」

　スターリンの顔から一切の表情が消えた。彼は機械的な口調でこう告げた。

「同志トージョー、俺はそうした真偽不明の話は好まない。以後は慎みたまえ」

「は、はい！　承知いたしました！　同志スターリンの御意向のままに！」

　腰巾着としての本分を発揮した東條に向かい、スターリンは語り続けた。

「ランドン前大統領の死には不可解な点も多いらしいが、病死ということでカタはついた。そして現大統領フレッド・トランプは我らに理解を示してくれている。次の選挙でも頑張ってほしいものだが、さすがに無理だろう。

いちばん嬉しいのはトーキョー湾で日本戦艦を数隻を沈めてくれたことだ。これで来年発動予定の天王星《ウラーン》作戦も遂行が容易になろう」

「そのとおりであります。バルト海のリガ軍港には、すでに〈クラスヌイ・オクチャブリ〉と〈クラスヌイ・ザマック〉の二隻が待機しております。

それぞれ〈加賀〉〈赤城〉として日本海軍で運用されていた戦艦です。それが日本本土へと牙をむく。しかも相手には満足に戦える戦艦は残っておりません。

もはや朝鮮半島と北海道の解放は、成し遂げられたも同然です！」

2　要塞空母の産声

――一九四〇年（昭和一五年）一二月七日

広島県呉市。いわずと知れた東洋屈指の軍港を保有する港街である。

市街から造船所は一望できるが、その大型船渠《ドック》には不自然な屋根が増設されていた。

「この屋根は防諜のためかな。逆に目だってしまう気もするんだが」

空軍大佐阿光陸彌の質問に、海軍大佐貞海開治は返答した。

「フネの大きさが露呈しなければ問題ない。そのための屋根だ。寸法さえ秘匿できれば性能も秘匿できる」

「僕にそれを見せて大丈夫なのか？　自慢じゃな

いが口は軽いほうだぞ」

「東京湾でアメリカ戦艦に体当たりをしてくれた礼だ。あの英雄的行動がなければ、列車砲の砲撃が間に合わなかった。それに、どのみち来週には造船岸壁に横付けして艤装が始まるから、巨艦であることは誰の目にも明らかになる」

「つまり、外国人の目線に触れても差し支えない段階にいたったという意味かな」

「然り。アメリカの圧力が意外なかたちで薄れたのが大きい。まさかフランクリン・ルーズベルトが大統領に返り咲くとは想像もしていなかった」

「任期を六〇日も残したままトランプが辞職したからね。弾劾される前に身を引いたんだ」

「そして、共和党はまともな対立候補を擁立できなかった。車椅子マラソン金メダリストのルーズベルトは、日本への謝罪と賠償を公約にして選挙を勝ち抜いた」

「これで多少は太平洋の荒波も静かになるかな」

阿光が訊ねると、貞海は暗い口調で返事をした。

「昭和尚歯会の一員ならわかるはず。世界情勢はそれほど単純ではない。東からの脅威が薄れたとしても、北からの新たな脅威は無視できん」

「ソ連の侵攻が本当に現実味を帯びてきたと？連中はいつ来る？」

「来年の春だな。極東艦隊の主力がウラジオストックにいるが、あそこは不凍港と言いながら冬には砕氷艦が必要となるから」

「しかし、帝国海軍から戦艦は激減した。これでは正面から艦隊決戦を挑むのは難しいだろう」

「いかにも。次なる国難には空軍の助力がいる。そのためにこのフネがあるのだ」

ドックの入口にたどり着いた二人は、厳重な検問を通り抜け、工廠《こうしょう》内部に入った。

巨大すぎる鉄塊が、そこには鎮座していた。初めて見る阿光は思わず息を呑んだ。

新鋭大型航空母艦〈大和《やまと》〉――全長二九四メートル、公試排水量六万八五〇〇トン。人類史上最大の軍艦である。

畏怖すら感じさせる巨軀であったが、貞海と阿光という現代の防人《さきもり》は、抱いた違和感を拭いきれずにいたのだった。

本当に飛行機で巨大戦艦を屠れるのか？　本当に空母一隻で、ソ連極東艦隊の脅威に対抗できるのか？

日本本土の防衛を磐石たるものにする道筋は、まだ見えない。


（次巻に続く）

RYU NOVELS

東京湾大血戦

幻の東京オリンピック

2017年7月21日　　初版発行

著　者　吉田《よしだ》親司《ちかし》
発行人　佐藤有美
編集人　安達智晃
発行所　株式会社　経済界
〒107-0052
東京都港区赤坂 1-9-13　三会堂ビル
出版局　出版編集部☎03(6441)3743
出版営業部☎03(6441)3744
振替　00130-8-160266

ISBN978-4-7667-3248-1

印刷・製本／日経印刷株式会社

Printed in Japan

RYU NOVELS

日本有事「鎮西2019」作戦発動！	中村ケイジ
異邦戦艦、鋼鉄の凱歌 1 2	林 譲治
孤高の日章旗 1 2	遙 士伸
大東亜大戦記 1 2	羅門祐人 中岡潤一郎
異史・新生日本軍 1	羅門祐人
南沙諸島紛争勃発！	高貫布士
新生八八機動部隊 1〜3	林 譲治
大和型零号艦の進撃 1 2	吉田親司
鈍色の艨艟 1〜3	遙 士伸
菊水の艦隊 1〜4	羅門祐人
大日本帝国最終決戦 1〜6	高貫布士
日布艦隊健在なり 1〜4	羅門祐人 中岡潤一郎
絶対国防圏攻防戦 1〜3	林 譲治
蒼空の覇者 1〜3	遙 士伸
帝国海軍激戦譜 1〜3	和泉祐司
合衆国本土血戦 1 2	吉田親司
皇国の覇戦 1〜4	林 譲治
異史・第三次世界大戦 1〜5	羅門祐人 中岡潤一郎
零の栄華 1〜3	遙 士伸
列島大戦 1〜11	羅門祐人